3人で親になってみた

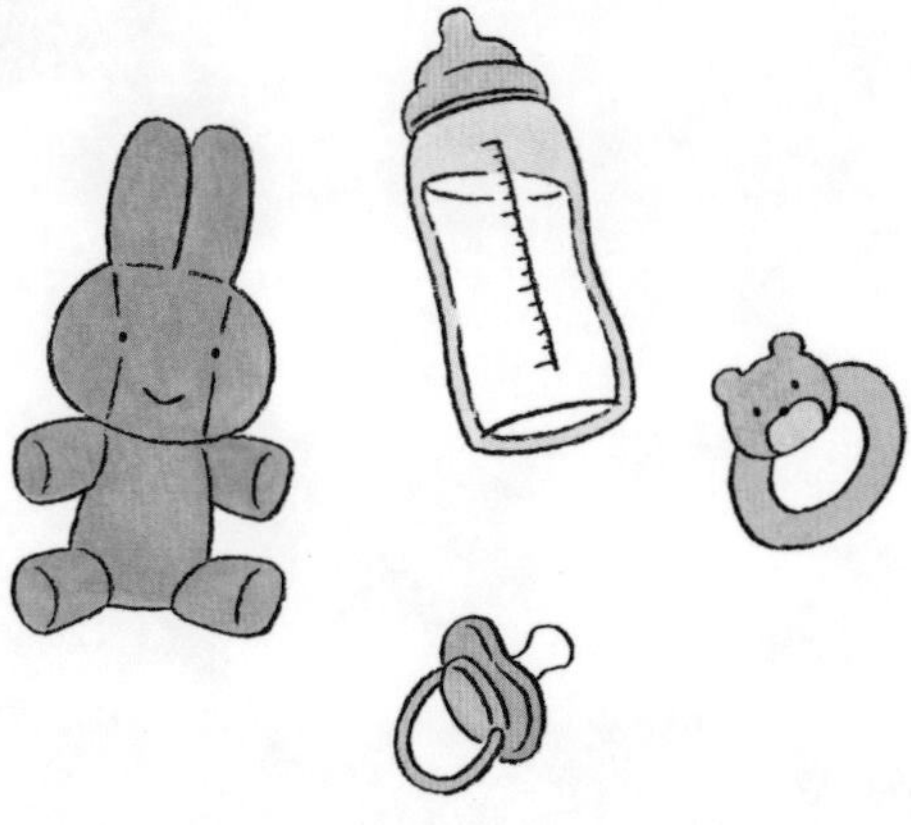

ママとパパ、ときどきゴンちゃん

杉山文野

毎日新聞出版

「家族」ってなんだろう?

はじめに

この本のタイトルを見た、多くの人が思ったのではないか。

え、三人で親ってどゆこと？
あとの一人は誰なのよ？と。
シングルマザーやシングルファーザーは聞いたことあるけど、トリプルペアレンツ？は初耳だぞ、なんて。

僕と彼女はある事情があって、ふたりの力では子どもを持つことができずにいた。そこで親友のゴンちゃんに相談をしたことから三人で親になる道のりが始まった。

今ではふたりの子どもを授かり、僕と彼女と子どもふたりを合わせた四人で一緒に暮らし、そこに定期的にゴンちゃんも遊びにくるというかたちでファミリーとしての生活を送っている。まさにタイトルどおり、「ママとパパ、ときどきゴンちゃん」な生活。

そして、「三人で親になりました」ではなく、「親になってみた」にしたのは、まだ自分たちが「親になりました」と言いきるほどの自信がないから、というのが正直なところでもある。

なぜふたりでは子どもを持てなかったかというと、それは僕がトランスジェンダーだから。もともとは女性の体で生まれてきたので、残念ながら彼女と僕の間で自然に妊娠する可能性がなかった。それでも子どもが欲しいと思った僕たちは、友人でありゲイであるゴンちゃんから精子提供を受け、体外受精で彼女が妊娠出産をしたのだった。

こんなことを書くと、まるで違う世界の話かのように驚かれるかもしれないけど、子どもを育てる上で僕たちが日々やっていることは、どこの家庭ともさほど変わりはないだろう。ミルクをあげて、オムツを替えて、休日には子どもたちを公園に連れていき、無垢な笑顔に癒やされ、連日の夜泣きで寝不足の日々を過ごす、そんな毎日。

唯一の違いといえば、「ときどきゴンちゃん」の存在かもしれない。精子提供を受けるだけでなく、提供者と一緒に子育てまでするというケースは、今の日本ではまだまだ珍しい。

子育てにはいくら手があっても足りないほど本当に手がかかる、という中で、大人が三人もいる僕たちは親の役割も三人で分担できるので心強いことがたくさんある。

一方で、三人での意思疎通が難しく、ギクシャクしてしまうこともある。パートナーとふたりの間でも、言った言わないともめることはいくらでもあるけど、それが三人ともなればなおさら情報共有は難しい。思いがすれ違ってそれぞれが不満や不信を溜めて爆発してしまう、なんてこともあり、日々の生活はなかなか思いどおりにはいかない。

「家族」とは一体なんだろう？

改めて、辞書で「家族」と引いてみると、こんな記述が出てきた。

「夫婦とその血縁関係にある者を中心として構成される集団」

戸籍上「女性」の僕は、彼女と「夫婦」にはなれないし、子どもとは血のつながりもなければ法律上の「父親」にもなれない。さらに、僕たちの場合は生物学上の父親（ゴンちゃん）と、育ての父親（僕）と産みの親である彼女の三人で一緒に子育てをしている。

僕たちの関係は一般的に定義されている「家族」というかたちにはなかなかおさまりきらない。でもこの関係性を「家族」と言わないのであれば、一体他になんと表せばいいのかもわからない。

法律、血族意識、伝統的な家族観、「普通の家族」という名の圧力……。

子育てはまだ始まったばかりだが、日々そんな壁にぶち当たりながら、試行錯誤を続けている。

思い返せば僕の人生は、そんな問いの連続だったのかもしれない。

トランスジェンダーだということを両親にカミングアウトして全否定された時もそう、彼女の両親に付き合いを猛反対された時もまた同じく。

そのたびに僕は、家族とどんな関係を築けばいいか、トライ&エラーを繰り返し、気づけば四十年近くも「家族とは何か？」ばかりを考え、今現在もそれは続いている。

この本はLGBTQとは何かを解くようなものでもなければ、これがあたらしい家族のかたちだ、などと結論づけるものでもない。

血のつながりのない子どもの子育てに奮闘するトランスパパが、これまでの家族との関係を振り返りながら、あらたなファミリーの在り方を探るエッセイだ。

親子とは何か、子育てとは何か、そして家族とは一体なんなのか？

僕たちの日常をシェアすることで、まずはこんな家族もいるということを知ってもらえたらと。そして、もしもあなたが家族との関係に悩んだり、家族が欲しくてもなんらかの困難があったりした時、僕たちの経験が少しでもお役に立てたら嬉しいです。

杉山文野

3人で親になってみた

目次
Contents

第3章　子育てってなんだろう

第4章　僕たちのファミリー

装画
ながしまひろみ

装丁
田中久子

3人で親になってみた

ママとパパ、ときどきゴンちゃん

第1章

親子ってなんだろう

親とはいえ他人である

僕の育った家族

僕が親子関係において何より大切にしているのは、親とはいえ他人であるという感覚だ。ファミリーエッセイと言いながら、いきなり何言ってるんだと突っ込まれそうだし、親を「他人」だなんて書くと否定的に聞こえるかもしれないけど、むしろそれは逆だと思っている。「他人」だと認識することで、初めてお互いを理解するスタート地点に立てるのではないか。

僕の家族はとても仲良しファミリー。とんかつ屋を営む父は穏やかで感情的になることもほとんどなく、常にマイペース。専業主婦の母は清く正しく美しく、を絵に描いたような人で、髪の毛がボサボサな瞬間など一度も見たことがない。二歳上の姉と僕。幼少期は、父方の祖父母、祖父の姉も一緒に暮らしていた。これまで学校にもちゃんと通わせてくれ、食うに困る生活をしたこともなく、愛情いっぱいに育ててくれた家族には感謝しかない。

しかし、そんな仲良し家族をいい意味で「他人」と捉えるようになったのは、僕が長らく両親との関係に頭を悩ませてきたからでもある。両親が僕のことを理解して完全に受け入れてくれたと思えるまでには、十五年以上の月日がかかってしまったのだ（それは同時に僕が両親を理解するまでにかかった時間と同じなのかもしれないけど）。

時間がかかったのは、僕がトランスジェンダーであることが一番の理由だった。

いつからそうだったの？とよく聞かれるが、「生まれた時から」としか答えようがない。杉山家の次女として生まれたが、物心ついた時にはすでに「僕」だと思っていた。幼稚園の入園式の時には、おかんにスカートをはかされて泣いて逃げるほど。しかし、幸いなことにスカートを嫌がる僕に「女の子らしくしなさい！」と無理強いする親ではなく、むしろ「元気だしボーイッシュでいいじゃない」とズボンを買ってきてくれ、男友達とサッカーばかりする僕を優しく見守ってくれていた。

そんな優しい両親にも、長らく本当の自分を打ち明けることができなかったのは、幼心にもこれは人には言ってはいけないことだと思い込んでいたから。もし本当のことを言って親に気持ち悪いと思われたらどうしよう、家の中に居場所がなくなっちゃったらどうしよう、と拒絶されるのが怖かった。そして何より大好きなおとん、おかんを悲しませたくなかったからだった。

家族へのカミングアウト

おかんに伝えることができたのは中三の終わり。意を決してカミングアウトをしたというより、バレてしまったというほうが正確だろう。初めて付き合った彼女と部屋でイチャイチャしているところを、おかんに見られてしまうという予期せぬハプニング。明け方に部屋のドアがガチャッと開いて目が合った瞬間、お互いが凍りつく——永遠のように長い一瞬の間があり、再びガチャッとドアが閉まった。

いや、ほら、あの、最近ニュースとかでよくやってる……「性同一性障害」ってやつ？　自分はそれだと思うんだけど……。

「あなたは頭がおかしい。カウンセリングに行きなさい」

僕の言葉を遮るように言い放たれた。僕が何を言っても目も合わせてくれず、全否定で聞く耳を持ってくれない。

さらに、「ボーイッシュに育てた私のせいなのではないか」「女子校に入れたのがいけなかったのではないか」とおかんは自分自身を責めているように見えた。

あれだけ優しくて大好きなおかんが、その日から遠い存在になってしまった。

おかんにバレてから三年たっても、僕は自分の悩みを誰にも相談できずにいた。その頃にはミニスカートにルーズソックスを履きながらも、黒髪短髪、学生鞄を肩に担ぎガニ股で歩くというなんとも不自然な女子高生になっていた。僕とおかんは必要最低限の会話はしてもいつもどこかぎこちない。あの日のことには触れないようにとお互い距離をとり、ギクシャクしたままだった。

カミングアウトは「バトンを渡す」という言い方をされることがある。誰にも言えなかった秘密のバトンを相手に渡すことで、今度はもらった側が誰にも言えない秘密を抱えることになる。僕からのバトンを受け取ってしまったおかんはまさに、それを誰にも渡せずに苦しんでいるように見えた。

おかんひとりに背負わせるのはあまりに申し訳ない。さらなる理解者を求め、今度はおとんにカミングアウトを試みることにした。

「ちょっと話があるんだけど、今いい？」

休日の夕方、おとんがひとりリビングにいるタイミングを見計らって話しかけた。おかんの時の反省をいかし、自分なりに理論武装し、タイミングや話し方にも気をつけ、準備万端で話を切り出す。

性同一性障害だと自認していること、彼女がいること、そのことがバレてしまい、おかんがひとりで悩んでいるだろうから一緒に話してほしいということ、一気に話し続けた。

すると、普段と変わらぬ穏やかな表情で話を聞いていたおとんは、

「そうだったんだね。でもそれは障害でもなんでもないよ。スカートとか嫌なことがあっ

て大変かもしれないけど、フミノが好きなようにすればいいから」

なんと理解のある父親か！

おかんとも話してみるから心配するな、とまで言ってくれて僕は心底感動した。

いつも穏やかすぎて逆に頼りなさを感じていたくらいなので、僕の突然の告白に動じることもなく聞いてくれたおとんが、なんとも頼もしく感じられた。

そこから数週間がたった頃だろうか（正直この頃は毎日が辛《つら》すぎて時間の感覚が曖昧ではっきり思い出せない）。ある日、僕が机に向かっていると、おかんが背中から声をかけてくれた。あれからセクシュアルマイノリティについていろいろ調べて勉強した、最終的には「性別がどうであれ、自分の子どもに変わりはない」という考えにたどり着き、やっと腑《ふ》に落ちた、逆に産んだ自分のせいかもしれないのに、何も知らずに申し訳なかった……と、その後はほとんど言葉にならず、ふたりで抱き合って泣いていた。

おかんと僕との間にできてしまった溝は二度と埋めることができないのではとさえ思っていたが、この日をきっかけにまた前と変わらない、優しいおかんに戻っていった。

さらに数年後。

おとんとはカミングアウト後に僕の悩みや体の話をすることは特になかった。受け入れてくれたならそれで十分と思い、あえて話すこともなかったからだ。その日もわざわざ話そうとしたわけではなかったのだが、夕食の後、おとんおかんとテレビを見ながらたまたま結婚の話題になった。僕は当然おとんが理解してくれているという前提で話していたのだが、なかなか話が嚙み合わない。

「フミノも一度、男の子と付き合ってみるのもいいんじゃないか」

「え？　僕は女の子が好きだから男っぽくしているわけじゃないんだよ。おとんは男の人と付き合えるの？」

「いや、お父さんは男だから男の人とは付き合えないよ」

ん？　なんかおかしいな、この人本当にわかってるのかな……。

「いつかは手術することも考えてるから」

「体まで変えることないだろ。神様は乗り越えられない試練は与えないから大丈夫」

「いや、神様とかそういう話じゃなくて」

「いいじゃないか、男でも女でも」

「それはそうなんだけど、そうゆうことじゃないんだってば。自分だって自信を持って手術がいいことだとは言えないけど、でもこの違和感だけはもう耐えられないよ」

「うんうん、わかるよ。でも手術までする必要はないだろう」

わかると言いながら全くわかってない。

噛み合わない会話にしびれを切らしたおかんが、

「あなた、フミノがどれだけ大変か、本当にわかってるの？」

おとんが平然と返す。

「わかってるよ。それってお父さんがハゲを治したいのと同じだろ。フミノが手術するなら、俺も頭皮手術しよっかな」

ブチン！　おかんがキレる音が聞こえた。あんたのハゲと一緒にしてくれるなよ……もちろんハゲを軽く扱うつもりはない。しかし、薄毛と性別適合手術の話はあまりに土俵が違いすぎる。おかんがあんなにも怒っている姿を見たのはあの時が最初で最後、僕は涙が止まらなかった。

結局わかったのは、僕の決死のカミングアウトも、おとんにとっては思春期の気の迷い程度でしかなかったということ。相手にされていなかったのだ。その後も話せば話すほど、おとんが全くわかっていないことが判明していく。理解してくれたと思っていた分ショックは大きく、裏切られたようで怒る気にもなれなかった。これ以上わかってもらおうなどという気力もすっかり失せていた。

家族ですらこんなにわかってもらえないんだったら、これまでにカミングアウトして受け入れてくれた友人たちも、実は全然理解してくれてないのかも。もう何を信じていいのかわからない。

おとんは何がいけなかったのかはわからないけど、どうやら自分がいけないことをしてしまったことだけはわかっていたようだった。なんとか挽回《ばんかい》しようと僕に話しかけてくるのだが、防衛本能だろうか、もうこれ以上傷つきたくない僕は心を閉ざしおとんを避けた。それでも話しかけてくるおとんは、何かをフォローしようとすればするほど空回り。僕はイライラが止まらない。悪いのはすべておとんのせいだと決めつけ僕は怒りすら感じるようになっていた。

わからないという親をわかること

しかし、少し時間がたってから冷静に考えてみると、おとんとおかんの全く対照的な反応がすべてを物語っているように思えた。
わからなかったからこそ最初は拒否反応を示してしまったおかん。でもそこから彼女なりにいろんな情報に触れ、学び、少しずつ少しずつ理解してくれるようになった。親子だからこそ受け入れられることも、受け入れがたいこともある。そんな中で五体満足に産み手塩にかけて育てた我が子が、後になってから社会的マイノリティであるなどということはきっと受け入れがたいことだっただろう。それでもお互い嫌なことから目を背けず、逃げずに向き合ってきたからこそ、関係を取り戻せた。

一方のおとんは、最初に「わかった」つもりになってしまった。僕もその態度に安易に安心してしまい、理解してくれているならいいだろうと、それ以上の話し合いを試みなかったことが何よりもの失敗だった。簡単にわかったつもりになってしまったおとん、簡単に理解してくれたと思い込んでしまった僕。お互いあまりにも浅はかだった。どんな問題でも、深いコミュニケーションなくして、そう簡単にわかり合えるはずはないのに。

「僕がこんなに大変な思いをしているのに、なんでおとんはわかってくれないんだ……」

「なんでおとんはわかってくれないんだ……」

「なんでおとんはわかってくれないんだ……」

頭の中で何度も何度も繰り返していた時、ハッとした瞬間があった。

「おとんはわかってくれない」という僕は、どれだけおとんのことをわかっているのだろうか？

おとんだけじゃない。社会はわかってくれないと嘆く僕は一体どれだけ社会のことをわかっているか？　そう考えてみるとわからないことだらけ。

「わからない」という相手に「なんでわかってくれないんだ！」ではお互い様、殴られたら殴り返すではキリがない。


だったら、まずは、僕が「わからない」というおとんのことをわかってみよう。

自分の中で妙に腑に落ちた瞬間だった。

よくよく考えてみたら、おとん世代がセクシュアリティに関する正しい知識に触れる機会などなかっただろうし、身近にカミングアウトをしている人がいなければ想像できないのも無理はない。じゃあどうしたらわかってもらうことができるだろう？　そう考えてみれば、たとえば「この本読んでみて」とか「パレードに一緒に行ってみよう」とか、きっかけはいくらでもある。

おとんの〈現在地〉を把握することで、初めて打つ手が見えてきた。

伝える手段はひとつじゃない

カミングアウトがうまくいかないという相談には、自分の経験から、手紙を書くことをお勧めしている。これはセクシュアリティの問題に限らず、相手にわかってほしいけどなかなか言いづらいこと全てに共通するのではないか。対面だと感情的になってしまったり、言いたいことがうまく言えなかったりする。文章にすることで自分の頭の中も整理でき、相手もコンディションがいいタイミングで何度でもじっくり読み返すことができる。

僕の場合は、たまたまのご縁がきっかけで自伝エッセイ『ダブルハッピネス』（二〇〇六年、講談社）を出版させてもらったことがプラスに働いた。この本が社会に肯定的に受け入れられたことで、おとんもおかんもひとまず安心したようだ。

当時はまだ、身のまわりに性同一性障害という言葉を知る人はほとんどいなかったし、セクシュアルマイノリティといえば、一部のバラエティ番組か水商売の中だけで受け入れられ、それ以外に居場所はないも等しく、多くの人が自分とは縁のない世界の人だと感じていた。

しかし、性同一性障害特例法（※1）という法律ができたことや、当時国民的人気ドラマであった「3年B組金八先生」で扱われたことなどから、徐々に風向きが変わりつつあった頃でもある。そんな流れもあって僕の本も「笑い」の対象ではなく、社会的課題のひとつとして紹介されることが多かった。もし批判的に扱われていたら、社会に受け入れられない存在を家族だけで受け止めるのはなかなか難しかっただろう。うちの子は社会に受け入れられる存在なんだと少しでも感じられたことで両親の見方が変わったことは間違いない。

本まで書かなくても、自分がこれまでどんな思いで過ごしてきたか、その変遷を文章というかたちで読んでもらうことは有効だ。ただ一緒に時間を過ごすだけでは知り得ない細かなことはたくさんある。おとんとおかんも僕の本を読みながら、過去の様々なシーンを思い返し、僕から見えていた景色と、自分たちが見ていた景色のどこにズレがあったのかを確認できたことで理解を深めてくれたようだった。

それから、第三者を介したコミュニケーションによって意外な発見ができることもある。出版後、親子で取材を受けることがたびたびあった。「お父さんはあの時どんなことを考えていたんですか？」自分では今さら面と向かって聞けないような質問に親が答えるのを聞いて、「なるほど、おとんはあの時そんなことを考えていたのか」と初めて知ったことがたくさんあった。逆に、僕が質問に答えるのを聞いて両親も同じような経験をしたに違いない。

おかんとの雪解け以来、おかんは僕のことをいつも応援してくれたが、それでも時々こんなふうに言うことがあった。

「フミノがトランスジェンダーだということはわかった。うちに彼女を連れてくるのも構わない。でも、もしお姉ちゃんが彼氏と言ってトランスジェンダーの子を連れてきたら、やっぱり親としては受け入れられないと思う。それが現実だから、誰かとお付き合いする時はその子にも家族がいることをわかっておいたほうがいいわよ」

おかんがそう言う気持ちもわからなくはないのだが、やはりこれを言われるのはなかなか辛いものがある。わかっているといっても結局心のどこかでは受け入れてくれていないのではないか……と。

しかし、本の出版からしばらくすると、そんなことも言われなくなっていた。

※1　性同一性障害特例法
正式名は「性同一性障害者の性別の取扱いの特例に関する法律」。二〇〇三年制定。二名以上の医師の診断を受け、次の要件全てに該当する人が、「性」の変更申請を家庭裁判所に請求できるようになった。
一　二十歳以上であること
二　現に婚姻をしていないこと
三　現に未成年の子どもがいないこと
四　生殖機能がないこと
五　他の性別の性器に近似する外観を備えていること

僕の人生は親の人生ではない

おとんが受けてくれたインタビューで、今でも印象的なふたつの回答がある。

「文野さんが手術すると聞いた時、どう思われましたか」という質問に、

「手術じゃなくて、なんとか漢方とかで治りませんかね」

この答えにはもう怒りを超えて爆笑するしかない。僕が死ぬほど悩んでるのに漢方かよ！　この期に及んで相変わらずなおとんであった。人と人がわかり合うのは本当に難しい。


でも、「手術は心配ではありませんか？」という質問に対するおとんの答えは僕の意識を大きく変えた。

「どんな手術であれ、体にメスを入れることは心配です。親としてフミノのことを大切に考えています。でも、どんなに自分が考えても、フミノ以上にフミノのことを考えている人はいないでしょうから、親としてはそれを応援するだけです」

親の思いや考えを押しつけるのでなく、僕をいち個人として尊重してくれたことが何より嬉しかった。

「そうか、僕は僕の人生を生きればいいんだ！」
僕はこの頃から、親のことをいい意味で他人だと思えるようになっていった。

それまで、性別適合手術を考える僕に対してはいろんな人から、

「親からもらった体にメスを入れるなんて」

と言われていたのだが、そんなことはまわりに言われなくたって誰よりも自分が一番そう感じていた。手術をするなんて親不孝なんじゃないか、親を悲しませたくない、できることなら手術をしないで生きていきたい。でもそれでは自分らしく生きていくことはできない……。

長い間葛藤していた。しかし、「フミノ以上にフミノのことを考えている人はいない」と言ってもらえたことで、親のために、を言い訳にして自分をないがしろにするような人生はおとんおかんも望まないだろうと考えを改めるようになった。

親には親の人生、僕には僕の人生がある。

お互いはあくまで、互いの人生のいち登場人物にすぎない。

何かを親のせいにしているうちは甘えているだけ。いくら親とはいえ、代わりに僕の人生を生きてくれるわけではない。自分の人生は自分で責任をとるしかないのだ。

親の望む人生ではなく、自分が望む人生を生きた結果、「こんな子どもを持って不幸だ」と思うのか、「手術をしてもフミノが幸せでよかった」と思うのか、それはもう親次第だな、と。僕には知ったこっちゃないから勝手にしておくれよ、と。

親子だからこそコミュニケーションは丁寧に

また、ほぼ同時期にもうひとつ気づいたことがあった。それは子どもにとって親というのは絶対的な存在に見えるけど、親とはいえ必ずしも完璧ではないということだった。

そんな当たり前のことに気づいたのは、初めて仲良しの同級生に子どもができたのがきっかけだった。ついこの前まで一緒に酒飲んでバカやってた友達が、突然妊娠したから結婚するというではないか。「え？　大丈夫なの？」と、正直驚いた。「こんな未熟な状態で親ってなれるの？　なっていいの？」と。しかし、そんな心配をよそに、その友達は子どもが生まれてからみるみるうちに変化し、たくましいママとなっていった。それを間近に見て、「そうか、親というのは準備万端、満を持して親になるんじゃなくて、子どもができることで少しずつ親になっていくんだな」と思った。

僕の親も二十代前半で姉が生まれている。こんな若い時に僕たちを産み育ててくれたのか。親にだって赤ちゃんだった頃があって、いろんな友達と過ごした時期があったはず。恋愛をしたり、仕事がうまくいかなかったり、様々な人間関係に悩んだり。そんな人生の流れの中で僕が生まれてきたのか……。

僕は親を親である以前に、いち個人として捉えるようになっていった。

その頃から親に対しても「ありがとう」や「ごめんね」をはじめ、些細なことでもちゃんと言葉にして伝えようと意識した。それまでは言わなくてもわかるでしょ、というよりもそんなこと考えたこともないくらいわがまま放題接してきたのだけど、やっぱり言葉にしなければ伝わらないことがたくさんある。

また、友達には言わないようなひどい言葉や態度も改めるようになった。そういった言動がとれたのは、親なんだから何をしても許してくれるはず、何があっても子どもを受け入れてくれるだろう、という甘えがあったからだ。親だって嫌なことを言われたら傷つくし、ひどい態度をとられれば嫌な思いもするだろう。

そんな当たり前ともいえる、基本的な人と人とのコミュニケーションを心がけるようになっただけで、普段のやりとりがよりスムーズになっていった。

こんなことを改めて考えるようになったのはカミングアウトが起点になっている。


カミングアウトはゴールではなく、伝えたところこそがスタート。

最初にカミングアウトしてからお互いが本当にしっくりくるまで十五年以上の月日が流れていた。親子でもパートナーでも相互理解は本当に難しいもの。人間同士が完璧にわかり合えるなんてことはなかなかない。ただ、大事なのは一〇〇パーセントわかり合うことではなく、わかり合おうと逃げずに向き合い続けることなのではないだろうか。

しっかり向き合って、それでも合わなかった場合には距離を置いたり、場合によっては関係を断つこともまたひとつの選択だとも思っている。親でも友人でも、あまりにも相性が合わないのに無理に一緒にいなきゃいけないということはない。どんな関係性であれ相手は他人なのだから自分にはわからないことがある、ということをちゃんと理解し、時には割り切り、自分の考えだけを相手に押しつけず一定の距離を保つことも大切。

「家族だから」「親子だから」ということでバイアスがかかり、問題を複雑にさせてしまっているなんてことはないだろうか。「切っても切れない関係」と思いすぎてはいないか。

僕はこの経験から、家族間のコミュニケーションで大切なことをたくさん学ぶことができた。「親子だから」という理由だけで無条件にわかり合えることなどない。

親だからわかってくれるはず、子どもなんだからこうあるべき、お互いがそんな思い込みから卒業し、家族だからこそ、いち個人として向き合い、互いを尊重し、丁寧なコミュニケーションをとっていきたい。

親との関係性を築くまでの道のりは今振り返ってもかなりしんどいものではあったけど、今となってはこの経験こそが僕のコミュニケーションの礎になっている。

子どもが欲しい

諦めからのスタート

あなたは「子どもを持つ」ということを意識したことがあるだろうか？
あるとしたら、いつ、どんなタイミングで？

僕は自分を産み育ててくれた家族に対する感謝の気持ちと比例して、いつかは自分も新しい家族を持ちたいという思いが強くなっていた。でも、自分には到底無理なこと、と長らく思い込んでいた。

「あぁ、子どもってほんとかわいいなー。他人の子どもでもこんなにかわいいんだから、自分の子どもだったらどんなにかわいいのかなぁ……」

十歳の時にフェンシングを始めた僕は、二十五歳で引退した後しばらくはコーチとして毎週子どもたちの指導をしていた。

無邪気に走り回る子どもたち、送り迎えするお父さん、お母さんとのやりとりを微笑ましく思いながら、自分には縁のない光景だとぼんやり眺めていたのを覚えている。

三十歳が近づいてくると、身近に「結婚」「出産」という言葉を耳にする機会が一気に増えていく。

「やっぱり孫の顔を見せるってのが、一番の親孝行だよね」

同級生と飲んでる時、他愛もない会話に紛れ込む無邪気なそのひと言、悪気がないからこそ苦しくなる。

手術をして男性ホルモンを打って、見た目がどれだけ男性化しても、それが叶わない僕は苦笑いしながら相槌を打つのが精いっぱい。トランスジェンダーである自分には絶対無理だと、いや、むしろトランスジェンダーであることを家族が受け入れてくれただけでいいじゃないか、それ以上望むなんて贅沢な話だ。そう自分に言い聞かせ、子どもを持つことを諦めていた。

しかし、その時諦めていたのは「自分と血のつながりのある子ども」で、子育て自体を諦めていたわけではなかったようだ。当時はあまりうまく気持ちの整理ができていなかったが、何かしらのかたちで子育てをしたい、という希望は捨てきれなかった。

僕は昔から「人の成長」や「人間」という存在に強い興味があり、自分がここまで育ててもらったように、人の営みとして今度は育てる側を経験してみたい。もっと単純に言えば、自分がやったことのないことはなんでも経験してみたい。できないとなればなおさらやってみたくなる、そんな心理もあったと思う。

いつか、何かしらのかたちで子育てがしたい。

それが一体いつ、どんなかたちなのかはわからないけど、そんな思いをずっと胸に秘めていた。

子どもを意識したきっかけ

子どもを持つという選択が初めて自分の中で具体的になったのは、実際に子育てをしている同世代のトランス男性にお会いした時のこと。

「性同一性障害でも父になりたい裁判（※2）」の原告だった前田良さん。第三者の精子提供を受け、パートナーの女性が出産し、ふたりのお子さんを育てていた。

「パパー！」と前田さんの足にじゃれながらしがみつく息子たち、その姿を微笑ましくみつめる前田さんのパートナー。どこからどう見ても「いい家族」ではないか。

僕はその時、こんなにいい家族を「家族」と認めない日本の法律って一体なんなのだろう？と疑問を感じると同時に、血のつながりにさえこだわらなければ僕も子どもを持つことができるかもしれない、と初めて自分ごととして子どもを持つことを考えるようになった。

当時、付き合って三年近くがたった彼女とは、お互いを生涯のパートナーとして考えるようになっていた。「いつか子どもも欲しいよね」と、どちらからともなくそんな言葉も出ていたが、自然妊娠がありえない僕たちはそれ以上踏み込んだことを口にすることができずにいた。

前田さんと会ってすぐに動き出したわけではないけれど、僕の中では確実に何かが変化していた。まわりをよく見渡せば、身近に子育てをしているレズビアンマザーもいれば、ＬＧＢＴＱ（※３）の家族交流会などを開催する支援団体もあるではないか。自分のアンテナが変化したことで、そういった情報がどんどん目に入ってくるようになった。そして僕は何か情報を得るたびに彼女とシェアし、時にはイベントに参加するなどして、自分たちの具体的な選択肢を考えるようになっていった。

※２「性同一性障害でも父になりたい裁判」
「性同一性障害」で戸籍の性別を女性から男性へと変えた夫が、第三者から精子提供を受けて妻が出産した子どもを、嫡出子（法律上の夫婦の子）として認められずに起こした裁判。一審、二審の判決を覆し、二〇一三年、最高裁は「妻が婚姻中に妊娠した子は夫の子と推定する」という民法が適用されると判断。性同一性障害をめぐる父子関係について最高裁が判断するのは初めてだった。

※３　ＬＧＢＴＱ
Ｌ（Lesbian　女性として女性が好き）

G（Gay　男性として男性が好き）
B（Bisexual　同性も異性も好き）
T（Transgender　出生時に割り当てられた性と異なる性を自認している人）↓**僕はこれ**
Q（Queer　異性愛やジェンダー・バイナリーを規範とする社会に違和感を覚える性のあり方、
　Questioning　性自認や性的指向を定めない、定まっていない人）
この各単語の頭文字を組み合わせた言葉で、セクシュアルマイノリティの総称として使われる言葉。

課題の整理

僕たちが子どもを持つまでの道のりを整理してみると、まず最初は彼女が実際に産むのか、それともどなたかに産んでいただいたお子さんを何かしらのかたちで引き取って育てるのか、というふたつの選択肢があった。

彼女は産めるのであれば自分で産みたいと言う。

となると、次なる選択は精子提供について。

精子バンクのようなところにお願いするか、知っている方に提供をお願いするか。

「まったく知らない人のはちょっと怖いな……」

そう直感的に言う彼女を見て、では知っている人にお願いする方向で考えようということになった。

でも、どんなに仲が良くても異性愛者の男性では僕が嫉妬してしまうことに気づき、そうとなれば精子提供を頼むのはゲイの人がいいのではないかと考えるようになった。恋愛の対象が男性である同性愛者であれば彼女に対しての嫉妬は生まれないし、子どもが欲しくても今の日本社会では子どもを持ちづらいという境遇も似ている。

血のつながりを重視するのであれば、僕の親族から提供を受けるという選択肢もなかったわけではない。実際に、トランス男性がパートナーの女性と妊活する場合、男きょうだいから提供を受けるケースは聞いたことがあった。しかし、残念ながら僕には姉しかいない。では、おとんからはどうか?　いやいや、それでは彼女から僕の異母きょうだいが産まれることになってしまう。それはなんだか心境が複雑すぎるのですぐに却下となった(実際にはお父さんから精子提供を受けたという話も聞いたことがあるので、良い悪いという話ではなくこれはあくまで僕たちの感覚だが)。

こうやって様々な角度から考えてみた結果、やはりゲイの方から精子提供を受ける方向で考えてみようということになった。となると自然と思い浮かぶ顔は限られ、ゴンちゃんに相談することにした。

戦友ゴンちゃん

ゴンちゃんとの出会い

ゴンちゃんと出会ったのは、今から約十年前、共通の友人がきっかけだった。僕は当時ゲイの友達がほとんどおらず、ゴンちゃんもまたトランスジェンダーの友人がいなかったこともあり、似ているようでまた全然違う互いの境遇に興味津々、すぐに意気投合した。

金沢出身のゴンちゃんは大学で上京し、卒業後は広告代理店に勤務。物腰柔らかでいつもニコニコと分け隔てなく誰にでもフレンドリー、さりげないオシャレと親父ギャグのセンスが絶妙で魅力的な人だなと思った。僕より五歳年上でアイディアマンの彼は頼れる友人として、よく仕事の相談などにも乗ってもらった。

ＬＧＢＴＱの啓発活動に携わるようになったのも、ゴンちゃんがきっかけだった。目指す方向性、物事の進め方など、その感覚がお互いとても似ていて、僕たちは多くの時間を共にした。今では一般常識になりつつあるＬＧＢＴＱという言葉も、その当時はまだ一般的にはほとんど知られていなかった。僕たちは一人でも多くの理解者を増やそうと必死になって、まさに東奔西走、毎日あちこちへと走り回っていた。

良き理解者になってくれる人もいれば、変わらず批判的な人もいて課題は盛りだくさん。しかし、大変なら大変なほど燃えてくる、〝どＭ気質〟とも言える性格もお互い似ていたかもしれない。次から次へと湧いて出る問題を一緒に乗り越えるたびに、僕たちの信頼関係は強くなっていった。

そんな中でも特に忘れることができないのが軟禁事件。僕たちはとんだとばっちりでトラブルに巻き込まれ、怖いおじさんに朝まで軟禁状態で恫喝《どうかつ》されるという事態に陥ってしまった。僕もゴンちゃんもあんなに誰かに詰め寄られた経験は初めてでかなりビビったのだけど、そんな状況でも最後まで逃げずに、ふたりで知恵を絞って問題を解決できた。こんな経験を共にしながらゴンちゃんとは、気づけば「親友」より「戦友」という言葉のほうがしっくりくる仲になっていた。

子どもを育てる、というのは後戻りのできない人生の壮大なプロジェクトのようなもの。きっと想像もつかない壁にぶつかることもあるだろう。そんな時もゴンちゃんとであれば、一緒に乗り越えていけるだろうと感覚的に思えたのはこんな経緯があったからだった。

ママとダディーズ

ゴンちゃんと共通の友人が精子提供を受けて出産したり、また別のレズビアンカップルの友人も妊活を始めたという話を聞いたり、子どもを持つということについてゴンちゃんと話す機会も増えていた。

そこで、実は子どもが大好きでいつかは欲しい、でも、今の日本でゲイの自分には難しいと思っているというゴンちゃんの話を聞いて、ここでも思いは共通しているのだなと感じた。

「少し上の世代には、カミングアウトせずに女性と結婚して子どもを持って、それとは別にゲイライフを楽しむ人も多かったけど、僕の場合はこれだけカミングアウトしちゃっている。誰かを傷つけるかもしれない嘘は、もう絶対にイヤなんだよね」

「じゃ、ゴンちゃんの精子で僕が産むとか？　この前男性ホルモンの注射打ち忘れて生理きちゃったから産めるかもよ⁉」

「そりゃないっしょ（笑）」

「そりゃそうだ（笑）」

みんなで大笑いだった。

そんな笑い話の延長で、

「でもさ、たとえば、ゴンちゃんから精子提供を受けて、僕の彼女が産むって可能性はある、かな？」

「そっか、確かにどれだけヒゲ生えてもフミノは精子ないもんね」

「そうなんだよ。でも僕も子どもは欲しいと思っていて」

「んじゃ、三人で育てちゃうとか？」

「三人で子育てかぁ、ママひとりとダディーズってことね」

「可能性的にはなくもないかも？」

「ね、可能性的にはね」

どんなに仲良しといってもまさかそこまで……という思いと、いや、でもまさかでもないのかも……という思いをしばらくはいったりきたりしていた。これがちょうど彼女と子どもの話を具体的にするようになった時期と重なったこともあり、最初は冗談半分で話した飲み屋での会話が、いつしか本気で話されるようになっていった。

愛するがゆえの猛反対

彼女との出会い

彼女と付き合い始めたのは僕が二十九歳、彼女が二十六歳の時。彼女は、僕の家族が大好きでよく通っていたピザ屋さんの娘さんで、何度か接客してもらったことがあった。世代も近く共通の友達がいるということがわかり、社交辞令的に連絡先を交換したことはあったが一度も連絡をしたことはなかった。そんな彼女とひょんなことからお店以外でふたりで会う機会があったのだが、会ったとたんに、「聞いてくださいよー！　五年付き合った彼氏とさっき別れたんですよね！」と言うではないか。

彼氏がいるかどうかも知らなかった僕は、「まじかー。んじゃこの後飲みにでも行く?」くらいしか返す言葉が見つからず、条件反射的に彼女のことを誘っていた。

新橋の飲み屋のカウンターに並んで座り、そこで初めて彼女とゆっくり話をした。ファッションの勉強をしているということで、髪は刈り上げ奇抜な格好をしており、僕が今まで付き合ってきた子とは全然違うタイプだった。そうかと思えば元プロのスキー選手だったという。見た目に反して考え方は根っからの体育会系、話せば話すほどユニークで「元気だし、いい子だな」と僕はすぐに彼女に興味を持つようになった。

家族が仲良しなこと、実家が飲食店を営んでいること、お互い元アスリートだったことなど共通項が多いからか価値観もとても似ていた。当時フリーだった僕は、そこから毎日のように彼女を誘い出しては遊びにいくようになり、すぐに付き合ってほしいと伝えた。それまでにも何人かお付き合いした方はいて、もちろん付き合っている時は大好きなんだけど、では十年後も一緒にいるか?と考えると、なんか違うなぁ……それまではそんな繰り返しだったのだが、彼女は違った。「この子と生活を共にしていきたい」彼女とは付き合い始めた時から自然とそう感じていた。

そんな僕の気持ちとは裏腹に、彼女は「この人なんでこんなにしつこく毎日誘ってくるんだろ？」と思っていたようだ（苦笑）。一回飲みに行ったくらいですぐに「好きだ」「付き合ってくれ」だなんて、なんと軽い人なんだろう、と。しかし、彼女は彼女で五年も付き合った彼と別れたばかりだし、楽しいからまぁいっか、程度で遊んでくれていたらしい。僕がトランスジェンダーであることは彼女も最初から知ってはいたが、こんな長い付き合いになるなど全く考えてもいなかったし気にもならなかったとのこと。今思えば、もし彼女が最初から先を見据えた真剣なお付き合いということで考えていたらこうはならなかったかもしれない。いい意味で適当？だったからこそスタートできた付き合いだった。

そして付き合ってすぐ、彼女は仕事の都合で京都に引っ越した。いきなりの遠距離になってしまったが、そんな期間も難なく乗り越え、僕たちの付き合いは順調に進んでいった。

両親の反対

ふたりの関係は順調だったが、ここにひとつ大きな試練が待ち受けていた。彼女の両親の反対だ。理由は僕がトランスジェンダーだからということで、特にお義母さんには猛烈に反対されることになってしまった。

彼女が一年ほどの京都勤務を終えて東京に戻ってからすぐ、そろそろ僕たちの付き合いを両親に伝えようという話になった。彼女は毎日両親と一緒に仕事をしているので、彼氏の存在を隠したままだと休みもとりにくいし、会話の中でも辻褄が合わないことが増えてしまうからだ。

「お母さんもフミノさんの本を読んで応援してくれてたし……きっと大丈夫だよね」

「ファッション業界も長かった方だから、まわりにゲイの人も多かったかもしれないしね？　お義母さんなら大丈夫でしょ」

僕もそこまで深くは考えていなかった。

ちなみに、僕の両親には、付き合ってすぐのタイミングで報告すると、

「え⁉　あのお店大好きなんだから、あそこのピザが食べられなくなるようなことだけはしないでよ」

「ひどいなあ、大丈夫だよ！」

そんなやりとりだったから、僕は彼女の両親のことも正直、楽観視していた。

しかし、その考えはあまりにも浅はかだった。まさかこの後五年間もあのピザが食べられなくなるとは……（ごめんよ、おかん）。

彼女の口から両親に伝えると大激怒してしまったとのことで、僕はすぐに彼女の家に呼び出されてしまった。

仕事をなんとか早く切り上げ、彼女の実家兼お店に着くと、お義母さんが待ち受けていた。

「フミノさんのことは応援するけど、それと娘と付き合うことは全然話が違います。とにかくすぐに別れてください」

「うちの子とあなたは住む世界が違うの。一生交わることはないからうちの娘を巻き込まないで！」

「頭丸めてお遍路でも行ってきなさい！」

（お遍路って……しかも僕すでに坊主なのに……）

もはや何に怒っていいのかも混乱しているようだった。

僕自身、三十年間もセクシュアルマイノリティの当事者として生きてきたわけで、自分が社会的にどんな立場に置かれているか、それなりにわかっているつもりだったが、さすがにここまでストレートに言われるのはなかなかきついものがあった。

しかし、どれだけひどいことを言われてもお義母さんを責める気にはならなかった。というのは、いい人ぶるつもりもなく、自分の両親と衝突した時のことを思い出したのだ。どれだけ反対されても「なんでお義母さんはわかってくれないんだ！」ではなく、理解してくれないお義母さんの気持ちをまずはわかってみよう、と冷静に考えることができた。彼女の両親はうちの両親より歳が上ということもあり、トランスジェンダーに対する理解はさらに難しいのかもしれない。また、うちの両親の場合は自分の子どもがトランスジェンダーなので受け入れる以外に選択肢はなかったが、彼女の両親からすれば、なんでこれだけたくさん「普通」の男性がいるのに、何もわざわざ大変な道を選ばなくてもいいだろう、と考えるのはむしろ当然だった。

さらに、お義母さんは彼女にも子どもを産んでほしいという強い思いを持っていた。それはお義母さん自身が彼女を産み育てたことに何よりの幸せを感じており、娘にも同じように幸せになってほしいという願いからだった。

「フミノさんのことは応援するけど」という言葉からもわかるように、トランスジェンダーに対する否定というよりも、トランスジェンダーと一緒になっては娘が幸せになれないと思ったからだろう。ロールモデルがいないことから未来を描けないのは、当事者だけではなく、その周囲も同じこと。僕と付き合う我が子の幸せな未来が見えないからお義母さんも、こんなに苦しんでしまったのだ。我が子に対する深い愛情、大切に育てたひとり娘を思うからこその反対、無理もない。

　僕だって自分で自分を受け入れるのに長い時間がかかったし、自分の両親と理解し合うのにもあれだけかかったのだから、彼女の両親にいきなりわかってくれというのも酷な話だろう。自分が家族になりたいと思う人の家庭を壊してまで一緒にいる、というのは何か違うし、たとえ時間がかかったとしても、ひとつずつしっかりと理解してもらおう。

「とにかく別れてほしい」と繰り返すお義母さんに嘘をつくのも嫌だった僕は「ちゃんと

考えます」と一言だけ返し、その場を後にした。

しかし、そんな僕の考えの甘さを再び痛感する出来事が起きた。

その翌日、お義母さんが失踪してしまったのだ。


娘の交際に激怒して「出てけぇ！」と言うのではなく、お義母さん自身が出ていってしまった。あわてた彼女からの電話を受けた僕も血の気が引く思いだった。「時間をかければわかってくれるはず」なんて到底甘い考え、それほどまでに反対なのか……。

警察に捜索願まで出す事態になってしまったが、結局は数日後、沖縄にいることが判明してひと安心。ストレスが溜まると買い物をして発散するタイプらしく、沖縄から大量の荷物が届いたのだ……。

何はともあれ無事であったことにひとまず胸をなでおろしたが、僕たちは打ちのめされるような思いだった。

別れよう、とは言いません

お義母さんが家に戻ってきてからは、再び毎日のようにお店で一緒に働いていた彼女だが、あの話の後、別れたとも付き合っているとも言えず、僕の話には一切触れることができない。休みの日も僕と出かけるとは言えない。

「悪いことをしているわけでもないのに、フミノさんと会う時にはお父さんお母さんにウソをつかなきゃいけなくて、それがしんどいよ……」

ひとりっ子の彼女とお母さんは、本当に仲が良く、仲が良いからこそよく喧嘩もする、親子というよりまるで姉妹のよう。そんな大好きなお母さんに嘘をつかなければならない日々。せっかくふたりで楽しい時間を過ごしていたとしても、お母さんの顔を思い出すと、苦しくなってしまうと言う。そんな彼女の姿を見ると、和解する前の自分とおかんとの苦しすぎた時間が重なり、いてもたってもいられない気持ちになった。

彼女もそうだし、彼女の家族もそうだし、僕は大切にしたいと思う相手を、自分のせいで苦しめてしまっていることが、何よりも辛かった。

自分が「ちゃんとした男」だったら……。

考えても仕方ないことはわかっていても、その気持ちが頭から離れることはない。

しかし、僕よりも彼女のほうが苦しい思いをしていただろう。

僕と付き合う前は、いわゆる「普通」の男性としか付き合ったことはなかったが、僕と付き合ったことで、彼女自身も突然マイノリティの当事者になってしまったのだ。彼女にとっては、三十歳近くになって初めて経験する差別と偏見。

しかも、自分の大好きな家族が、自分の選んだ大切なパートナーに対して否定的な目を向けたり、差別的な言葉を投げかける場面に立ち会わなければならず、板挟みとなってしまうことは、どれほど苦しかっただろうか。

「もう無理かも」

ある晩、精神的にも限界を迎えた彼女から泣きながら別れを切り出された。彼女の辛さを思うと、「別れよう」そんな言葉が喉もとまで出かかったが、そこはグッと呑み込む。

「大丈夫！　絶対なんとかなるから！」と、精いっぱいの笑顔で返し、なんとかその場をおさめた。

それからも彼女が弱気になるたびに僕は「大丈夫、大丈夫！」と、彼女に言いながら自分自身に言い聞かせ続けた。これまで僕のセクシュアリティを理由に別れてしまった元カノもいたが、僕もいつまでも性別のことで言い訳して逃げたくはなかった。呪文のように「大丈夫、大丈夫」と繰り返す。

僕まで弱気になってしまっては、彼女ももっと不安だろう。なんの根拠もなかったが……いや、ここでも絶対無理だと思っていた自分の両親との和解の経験が僕を支えてくれていたのかもしれない。とにかく僕は絶対に乗り越えられると信じて前に進むことにした。

そもそも誰かに反対されてダメになるくらいの関係であれば、遅かれ早かれ別れただろう。大事なのはまわりではなく、ふたりがどうしたいかで、そこを見失わないようにしようと話し合った。

五年ぶりのピザの味

そこから彼女の両親と和解するまでに五年もの月日がかかった。二年たってもダメ……四年たってもダメ……とさすがに心が折れかけたのだが、五年めにしてようやく和解が訪れる。この和解のきっかけはなんだったのかとよく聞かれるが、実はこれといった明確な理由は今でもわからない。最初に呼び出された日以来、目も合わせてもらえなかったお義母さんと突然一緒にご飯を食べにいくことになり、「許す」「許さない」という言葉も特にないまま会話がスタートしたのだった。

これはやはり時間の経過というのが大きかったとは思うが、「時間が解決」と簡単に言えるほど単純なものでもない。反対されている間も諦めずにコミュニケーションをとり続けたことが大きいのではないかと思う。反対されてから二年めには彼女から手紙を渡し、自分たちの意思が変わらないことを伝え、四年めには自宅を訪れ、どれだけ反対されても一緒にいます宣言をし、そこからは両親のお店に再び客というかたちで頻繁にご飯を食べにいくようにしていた。

正直言うと、最初に反対された頃、僕たちはまだ社会人としても未熟だった。僕も実家暮らしでまだまだ親の脛《すね》をかじっているような状態だったし、彼女も同じような状況だった。だから、親の反対のことはひとまず置いておいて、それぞれのことをしっかりがんばろうと話していた。社会的に自立し、依存ではなく対等なパートナーとして一緒にいることがお互いにとって幸せとなれば、親でも反対できないだろうと。結果的に、いち社会人としてもある程度安定し、良い時も悪い時も共に過ごしてきた年月は僕たちの関係をより強いものにしていた。そんな姿を見て、少し安心してもらえたのではないだろうか。

もしも僕たちが不安そうに過ごしていたら、きっと彼女の両親も不安で反対し続けたかもしれない。時には言葉で説明するよりも、態度で示すこと。自分たちのやりたいことを貫いて、それでも楽しく過ごす姿を見せる、北風ではなく太陽戦法がよかったのかもしれない。

あれだけの反対も、今となっては笑い話。

五年ぶりに食べたピザの味は、前にもまして美味しかった。

親になる準備

「普通の家族」という概念

僕と彼女は生活を共にし、僕とゴンちゃんは活動を共にしていたが、彼女とゴンちゃんが関わる機会はまだまだ少なかった。お互いをよく知ってもらうためにも、無理のない範囲で一緒にご飯を食べにいくなどして、少しずつ顔を合わせる機会を増やしていった。

そして彼女の両親との和解をきっかけに、僕たちはいよいよ本格的な妊活をスタートすることにした。具体的に動き始める前に、今一度課題を整理しようと三人で話し合う。

「僕が提供者だということは世間には公表しないで、たまに会う親戚のおじさんくらいの立ち位置で関わるくらいがいいのかな。もちろん子育てに関わりたいけど、いろいろ考えると……」

と言うゴンちゃん。確かにそのほうがイメージも湧くし、いろいろスムーズな気もしたが、自分の力だけで子どもを持てないという境遇は同じなのに、僕と彼女だけが親になるというのはなんだかフェアじゃない気がした。

「いや、それよりゴンちゃんもしっかり子どもに関わって、三人とも親として育てていったほうがいいと僕は思うんだけど」

と、自分で言ってはみたものの、「じゃあ実際にどうやって？」と問われると全くイメージが湧かなかった。様々なケースを考えようにも、残念ながら身近にそんな家族は見たことも聞いたこともない。出産や育児にどのくらい関わるか、その後の生活をどうしていくのか、費用の分担はどうするべきか……。いくら考えてもなかなか想像がつかず、結局「そもそも三人で親ってなれるの？」と、振り出しの問いに戻ってしまう。

ゴンちゃんから精子提供だけをしてもらって、僕と彼女ふたりが親となり、一緒に育てていくという生活は想像しやすいのだが、そこにゴンちゃんがどんな関わり方をすれば三人とも「親」になれるのだろう……。誰よりも僕たち自身が「普通の家族」という概念を取り払えずにいた。

何度考えても堂々巡りなので、今度は少し視点を変えてみる。自分たちがどうこうという前にまず考えるべきは、生まれてくる子にとって一番いい環境をつくることだ。何よりも大切にすべきはそこだろうと。そのためにはどうしたらいいかを、子どもの人権を専門にしている弁護士さんに相談に行くことにした。正直言えばこの頃はまだ、何がわからないかもわからないような状況。僕たちのようなケースで家族になった場合、どんな問題が起こりうるか、そもそも家族になれるのか、まずはしっかり整理をしておこうということになった。

最悪の事態を想定する

三人で法律事務所を訪ねると、最初に聞かれたのは、親権についてだった。

「親権はどうされる予定ですか？」

「正直その辺が全然わかっていなくて。どういうパターンが考えられますか？」

そこで僕は法律上「親である」ということと、「親権を持つ」ということが必ずしもイコールではないことを初めて知った。「認知」や「親権」という言葉だけでなんとなく知ったつもりになっていたが、恥ずかしながらちゃんと理解はできていなかったのだ。

弁護士さんはわかりやすい言葉で実例を出しながら教えてくださり、僕たちが三人とも法的に「親」になれるパターンについても話してくれた。

「まず、彼女さんが産み、ゴンさんが子どもを認知する。そしてフミノさんがその子と養子縁組をしたとします。すると、彼女さんが実母、ゴンさんが実父、そしてフミノさんが養母、つまり三人とも法的に親になります。親権は養親のフミノさんで、養子縁組の手続きは家庭裁判所へ書類を提出したら受理されるはずですが、私の知る限りでは前例がないので多少時間がかかるかもしれません」

なるほど！　僕も法的に親になれる可能性があるのか！　でも養「母」としてって……（苦笑）。

次に話し合ったのは、どんな「最悪の事態」が考えられるか、それに対して今から対策できることがあるかについて。

もし三人が仲違《たが》いしてしまったら？　誰かが死んでしまったら？　万が一、三人同時に死んでしまったら、子どもはいったいどうなるのか？

「病める時も健やかなる時も」という言葉が浮かぶ。

僕はこの結婚式の定番フレーズは、とても大切な考え方だと思っていた。みんなが心身共に健康で、経済的にも余裕があるような時にうまくやれるのは難しくないが、大事なのは、病気になったりお金に困ったりトラブルに巻き込まれたり、そんな時こそお互いを大事に思い行動できるかどうかだろう。家族として長い付き合いになれば、きっと想像もできないようなことも起こるはず。僕たちのように前例がほぼ見られない中ではなおさら心配だ。そのためには、関係がいい時にこそ、最悪のケースを考えておくほうがいい。仲が悪くなったらどうしようか？なんて話は、本当に仲が悪くなってからではできるはずがない。僕たちは、考えうるあらゆるケースをあげていった。

「もし、今後ゴンちゃんが他のカップルにも精子提供を頼まれたらどうする？」

「そうか、そうなると血のつながり的には他にきょうだいが生まれることになるのか」

「それってなんか浮気された気分だね（笑）」

「ゴンちゃんに新しくできたパートナーが自分も子育てに関わりたいって言ってきたらどう？　いい人だったらいいけどすごい嫌なヤツだったら嫌だしな」

「すごい嫌なヤツとは付き合わないと思うけど」

「でも、僕たちと気が合わないって可能性はあるよね」

「じゃあ……これから彼氏探す時は、付き合う前に子どもの話をして、それもOKじゃないと付き合えないってことになるか……またハードル増えちゃうな（笑）」

「まあ、それは候補ができてから考えよう。それより養育費分担の割合って目安はあるんですか？　契約書みたいなものもつくったほうがいいでしょうか？」

「もしも大きな借金を抱えちゃった時に、認知してたら子どもに迷惑がかかるということはありますか？　相続とかもどうなるんだろう？」


そんな僕らの質問に、弁護士さんは実例を示しながら、時には六法全書を持ち出しながら、ひとつずつ丁寧に答えてくれた。たとえば費用の分担については、裁判所が発表している養育費算定表というのを見せてくれた。ふたりの年収や子どもの年齢によって算定されているもので、本来は夫婦が離婚する際に目安として見る表らしいのだが、僕たちはその表を一緒に見ながら、三人の場合だったらこんなものだろうか？と話し合った。

「ゴンちゃんって年収いくらくらいなの？」

「今は会社勤めだからそれなりに安定してるけど、ＮＰＯ活動も大忙しだし、今後はどうなるかはわからないなぁ」

「そっかぁ。でも分担割合の前に、そもそもオムツとかミルク代とか、子どもにかかる費用って毎月いくらかかるんだろう？」

「ミルクで育てるか母乳で育てるかにもよるよね。でも母乳が出るかなんて産んでからでないとわからないし」

「ひとことで学費って言っても私立に入れるか公立に入れるかでも全然違うよね。いろんな習い事もさせたいとかいつかは留学もさせたいとか、お金のこと考え始めるとキリがないね」

「たしかに。金額もそうだけど、管理方法はどうする？　ひとつ口座をつくってそこに三人でお金を出し合うみたいな感じ？　でも家族としてのクレジットカードがつくれないから、そのカードは誰がどうやって管理する？」

こんな感じで、あれはどう？　これもどう？と、今まで使ったことのない脳みその筋肉をフル活用しながら、可能性がゼロでない限りはあらゆるパターンを考えていった。結果的にこのシミュレーションによって、子どもを持つということが少しずつ具体的なイメージへとつながっていった。そしてひととおり話し終わった後に弁護士さんが言ってくれた言葉に、僕たちはとても励まされた。

「私も仕事柄、児童養護施設で育った子どもや児童虐待など、様々なケースに関わってきました。いろいろありますが、ひとつはっきりしていることは、子どもにとっては血のつながりや法的関係性より、その人が自分に真剣に向き合ってくれているかどうかが大切だ、ということです。関わる大人の数が少ないと困ることはありますが、多すぎて困ることはないですよ。多いほうが子どもは安定しますので」

その後も僕たちはいろいろと話し合いを続けたが、結局この時点で決めたルールはひとつだけ。

もしも三人で大きく意見が割れた場合や、絶縁レベルで仲違いしてしまった時には、子どもについての最終決定権は彼女が持つということ。なぜ彼女なのかは、やはり出産という命がけのリスクを背負うから。逆にそれ以外は、三人で協議して決めていこうということになった。正直、様々な可能性がありすぎるので、他のことについては決められなかったのだ。もし一度決めたとしても後ですぐに変わることもたくさん出てくるだろうと。最初からかっちり決めすぎず、その時その時で話し合って決めていこう。そんな方針だけは決めることができた。

こうして僕たちは、いよいよ具体的な妊活へとステップを移した。

妊活スタート

まずは彼女とゴンちゃんがそれぞれ病院へ行き、子どもを持つために身体的な問題はないか検査をした。幸いふたりとも何も問題はなかった。

一方、ふたりが具体的な行動を始めても、フィジカルには関わることができない僕。そこには悲しい、寂しいという言葉だけでは表せない、なんとも複雑な気持ちがあった。

でも、子どもを持ち、育てていきたい、というあたらしい未来へ向けての気持ちのほうが強かったのもまた事実だった。

できないことを嘆く暇があったら、できることはすべてやってみよう。

今の僕にできることは、これまで培ってきたネットワークをフル活用して、有益な情報を集めることだ。ＬＧＢＴＱに関係なく、不妊治療の経験がある人や実際に子育てをしている人、また医療関係の様々な友人などから話を聞いた。ネットの情報だけではどれを信頼していいのかわからないので、人工授精や体外受精についてのリアルな情報を集めて三人で検討した結果、最初はシリンジ法を試してみることにした。

「え？　自分たちで受精させるの？」

最初にレズビアンカップルの友人から、自分たちでトライしていると聞いた時は驚いた。その当時の僕は人工授精と体外受精の区別もあまりわかっていなかったのだ。

シリンジ法とは、針のついていない注射器のようなもの（シリンジ）に精液を入れ、女性の膣内に注入する方法で、ＬＧＢＴＱに限らず、僕の友人などこれで子どもを授かったカップルを何組か知っていた。まだＬＧＢＴＱの妊活を受け入れてくれないクリニックが大半の中、病院に行かずにできるので精神的なハードルも低い。

アマゾンで「シリンジ　妊活」と入れると五〇〇〇円から様々な種類のシリンジが出てくる。まずは十本で一〇〇〇円くらいの一番シンプルなシリンジキットを購入し、早速トライした。

ゴンちゃんとはたまたま近所だったので、ゴンちゃんに自宅でがんばってもらい、採精後すぐにタクシーで家まで届けてもらったりしていた。精子は保管温度に気をつけなければいけない、空気にはなるべく触れないほうがいい、受精まではなるべく短時間で、などなどネット上で読んだ情報を参考にトライした。

どんな容器に入れるのがいいかもわからず、最初は消毒済みの小さなジャムの空き瓶に入れてもらっていた（後にこれでは空気に触れすぎるということで、最初からシリンジに入れた状態で受け渡してもらうようになった）。今でこそ笑い話だが、入手できる情報が限られていたので、僕たちも毎回が手探りだった。

初めての精子

これが精子か……。

最初に精液の入った瓶を受け取った時は、複雑な思いでまじまじと見つめてしまった。

人生で初めてナマの精液を見たのだった。

自分のパートナーでない人の体液を、誰かに渡したり渡されたりなんて、そうあることではない。しかもそれを改めてこうやって言葉にするのは、人前で裸になる以上に恥ずかしい。これはきっと僕たち三人ともがそれぞれ感じていたと思う。

「たとえゲイでも彼女の中に他人の精子が入って生まれてきた子どもなんて、俺だったら絶対耐えられないけどな……」

そんなふうに言われたこともある。この点に関しては、そもそも自然妊娠が可能な方とは前提条件が違うので感覚が異なるのかもしれない。

もちろん僕だって平気なはずはない。しかし、そもそも子ども自体を諦めていた僕にとっては、手段がどうであれ、子どもを持てる可能性があることのほうが大きかった。彼女が反対すれば話は別だけど、残念ながら僕たちふたりだけではどうやったって授かれない。その現実とどう向き合うか。簡単ではなかったが、可能性がないからこそ割り切ることができたのかもしれない。彼女も同じような心境だったのではないかと思う。

シリンジに入った精液を彼女の中に入れるのは僕の役割だった。

ここは意識的に感情にフタをしてやり過ごしていた。考えても仕方がないし、やはりそれでも子どもが欲しい、という気持ちが強かったからだった。

「ゴンちゃん、明日トライの日だからあんまり飲みすぎないでよ。精子弱ったら困るじゃん！」

「ちょっと僕のこと種馬みたいに言わないでよ。まぁ僕のはアルコールくらいじゃ負けないけどね！」

うまくいかなくてもお互い負担にならないよう、あまりシリアスにならないよう、そんな感じで茶化すこともあった。


そこから約一年間で十回程度、シリンジ法にトライした。僕もゴンちゃんも出張が多く、三人のスケジュールを合わせるのが大変で、朝六時に受け渡しなんていうこともしょっちゅうだった。

しかし、そんな三人のがんばりも虚しく、なかなか妊娠には至らなかった。

「ごめんなさい。また生理がきちゃったの」

彼女がそう言うたびに、落胆よりも、彼女が自分を責めているようで苦しかった。これは妊活中のカップルなら多くの方が経験することだと思うが、妊娠できないとどうしても母体となる女性が自分を責めてしまいやすい。普段は明るく元気を絵に描いたような彼女ですら、この時期ばかりは少し情緒不安定だった。

「ゴンさんもフミノさんも忙しいのに申し訳なくて……」

心身にも、金銭的にも負担が増えていけば、その分プレッシャーも大きくなる。責任感の強い彼女はなおさらだった。

ゴンちゃんは、「全然気にしないで。それより体調は大丈夫？」といつも嫌な顔ひとつせず、忙しい中時間を割いてくれた。

僕は僕で、「ごめんでもなんでもないよ！　誰のせいでもないんだから。次またトライしよう！」と、すこぶる明るく振る舞うものの、どうしても空回りな感じがして、フィジカルに関われない自分に対するもどかしさは、ますます増えていくことになる。

体外受精

彼女の年齢も考えると、そんなに長い時間はかけてもいられない。シリンジ法に限界を感じ、今度は体外受精へステップを移した。

たくさんある中でどこの不妊治療のクリニックを選んでいいかわからなかった僕たちは、産婦人科で医師を務める友人に意見を聞くことにした。ここでも友人に助けられ、僕たちの今の状況を説明すると、的確なアドバイスと共にオススメの不妊治療専門クリニックを紹介してくれた。

採卵日、彼女とゴンちゃんは病院へ向かったが僕は同行するわけにもいかないので、ひとり家で待っていた。もどかしい時間を過ごしていると、三人のグループラインに連絡が入った。

〈今終わったよー〉

〈お疲れさま！　何も問題はなかった？〉

〈うん、最近は事実婚のカップルも多いからだと思うんだけど、特に関係性までは深く聞かれなかったから、こちらもわざわざは言わなかった。わりと淡々とって感じだったたか

な〉
〈そか。ゴンちゃんも大丈夫だった？〉
〈大丈夫だったんだけど、僕が案内された精子を採る狭い個室、看護師から熟女まで種類豊富なアダルトビデオが並んでたけど、ゲイものはなくて、全然ＬＧＢＴＱフレンドリーじゃなかったんだよね〉
〈そりゃそうでしょ（苦笑）。でもそんな時代も来る時があるかもね〉

体外受精はその名のとおり、卵子と精子を体外に取り出して人工的に受精させる。その中でも僕たちがトライした顕微授精は、卵子に針を刺し、ひとつの精子を注入する方法だ。

個人差もかなりあるらしいのだが、彼女の場合は七個の卵子が採れ、この方法で、そのうち五個の受精卵ができた。次は、それを適切なタイミングでひとつずつ子宮に移植する。うまく着床すれば妊娠となる。

「着床してた！」

二回めの移植で着床することができた。

体外受精の場合は受精卵を体内に戻した翌週にはある程度の結果が判明する。彼女が検査結果を聞きに行く日はドキドキだったが、無事に妊娠していたと連絡がきた時には嬉しいより先に、とにかくホッと胸をなでおろした。

本格的に妊活を始めて約一年半。ホルモン剤を飲んだり、自分で定期的に注射を打たなければいけない時期もあり、心身共に負担が大きかった彼女のことを考えると、心から安堵した。

嬉しすぎてすぐにでもみんなに報告したかったが、安定期まではグッと我慢。まだ何があるかもわからないし、僕が喜びすぎて無駄にプレッシャーをかけたくなかった。とにかく彼女に余計な負担をかけないよう、僕は嬉しい気持ちを抑えながら何事もなかったかのように日々を過ごした。そして引っ越しをしたり、僕なりに働き方改革をするなど、新しい命を迎えるための準備を粛々と進めていった。

我が子と言っていいのかな？

出産準備

つわりがかなりひどくて心配な時期もあったが、無事に安定期に入ってからは日常生活を取り戻していた。そして彼女のお腹もだいぶ大きくなってきた頃、先輩ママの友人が〈出産前に準備しておくとよいもの〉と題したＴｏＤｏリストをメールで送ってくれた。

オムツやミルクなどの備品はある程度想像がついていたが、近所の病院リストの作成やお宮参りの準備、内祝いのことなども書いてあり、そんなところまでまったく気が回っていなかった僕たちにとってはとてもありがたいものだった。

そのリストの中に「出産報告の準備」というものがあった。誰にいつどうやって報告するか、送り先リストと文章もあらかじめ用意しておくべし、とある。なるほど。確かにこれは日頃から多くの方々にお世話になっている僕たちには欠かせないものだ。

三人共通の友人もいれば、そうでない人もいる。それぞれの言葉で報告する良さもあるが、もし齟齬《そご》があったら相手を混乱させたり気を使わせたりしてしまうかもしれない。あの人には連絡がいってこの人にはいってないというのも避けたい。

結局、三人の連名で同じ文章を送ろうということになり、僕が文章のたたき台をつくった。

「○月○日△時△分に第一子となる我が子が○○gで生まれました。母子共に健康で……」

生まれた時のことを想像して、「母子共に健康です」と言えることを願いながら、最後に日付と体重だけ記入すればいいようにしておく。特に精子提供のことなど細かいことまでは書かなかったが、自分なりに思いを込めて書いてみた。

下書きを三人のグループラインで共有すると、ゴンちゃんからすぐに返信があった。

〈僕も『我が子』って言っていいのかな……〉

一緒に二年あまり妊活をして、出産まであと少しという時期にきても、その辺の感覚はまだ曖昧だった。弁護士さんを交えた話し合いで少しはイメージできるようになったとはいえ、日々の子育てをどう分担していくかという現実的なことはまだ全く決められないいま。

生まれてくる命に対して責任を持って関わりたいという思いはゴンちゃんの中でもハッキリしていたようだが、この状況で「責任を持って関わる」とは一体どういうかたちになるのかが未だわからない。

〈やはり親戚のおじさんくらいのほうがいいのでは……〉

子どもとの距離感

そんなゴンちゃんの一方で、僕は彼女のお腹の中の子を「我が子」と言っても、まったく違和感を抱かないようになっていた。血のつながりも法のつながりもなく、妊活もフィジカルには全く関われなかった僕が、そう思えたのは図々しい性格だからなのだろうか。いや、それもあるかもしれないけど、きっとこの約十ヶ月の間、お腹の中とはいえ毎日この子と一緒に過ごしていたからだろう。つわりがひどかった時期に少しでも彼女が食べられるものはないだろうかと買い物や料理をしたり、少しずつ大きくなるお腹に毎日のように話しかけたり。そんな日々によって少しずつ「自分が親になるのだ」という思いを育てられたのだと思う。

血のつながりがないことに不安がなかったわけではない。

「赤ちゃんの顔がゴンちゃんとそっくりだったとしても、かわいいと思えるのかなぁ」

そんなことを冗談っぽく口にすることもあったが、ゴンちゃんにばかりなついて、僕になつかなかったらどうしよう、冗談にはならない不安もあった。

しかし、そんな不安よりも新しい命に対する希望のほうがはるかに大きく、ワクワクする気持ちに溢れていた。

誕生

そして、二〇一八年十一月、なんとも気持ちのよい秋晴れの日の午前十一時、僕たちは親になった。

陣痛開始から四時間という超スピード出産で、今思い返しても嵐のような一日だった。

〈陣痛が順調にきてるから夕方には産まれるかもだって！〉

〈おぉ、今新幹線で向かってるから！〉

地方出張中だったゴンちゃんは予定を早めて新幹線に飛び乗っていた。しかし、このラインを送った一時間後には、

〈ごめん、生まれちゃった〉

〈まぢ!?　まだ新幹線…〉

と、残念ながら間に合わず。

〈でもとにかく、お疲れさま&ありがとうと伝えてね。東京ついたらそのまま病院向かうので！〉


出産に立ち会った僕はしばらく興奮がおさまらなかった。へその緒を切ったばかりの赤ちゃんを抱っこした時の気持ちは「感動」などという言葉が陳腐に感じられてしまうほど、なんとも言えない高揚感があった。

「会いたかったよ」

元気に泣くその子の顔は、への字に曲げた口もとがゴンちゃんにそっくりだったけど、

そんなことはまったく気にならず、かわいくて、小さくて、とにかく愛おしかった。

「お父さん、下の階でいくつか書類に記入してもらいますので……」と看護師さん。

「お父さん」かぁ。

嬉しいような、少し恥ずかしいようなで思わず顔がほころんでしまう。書類手続きを済ませ病棟に戻ると、おとんおかんと彼女のお母さんが肩を並べて窓越しに赤ちゃんを覗き込んでいた。そのなんとも嬉しそうなみんなの笑顔を見て、僕も思わず笑みがこぼれてしまう。残念ながらお義父さんは仕事で間に合わなかったのだが、あれだけ反対されていた彼女の両親とおとんおかんが一緒に肩を並べて孫の顔を見つめる姿なんて、たった数年前まで夢よりも遠い話のように感じていたのに。

その後、僕は講演会の仕事のためにいったん病院を離れたが、入れ違いで到着したゴンちゃんは、なぜか彼女のお母さんにつかまり病院内のカフェで延々と子育て論を聞かされたそうな。

仕事を終えて再び病院に戻ると、大役を果たし、ホッとしたのだろう。とても穏やかな表情をした彼女が待っていた。

「本当にお疲れさま。ありがとうね。体はどう？　痛くない？」

「まだ麻酔が効いててちょっとボーッとしてる感じかな。とにかく今晩はゆっくり休むね」

「うんうん、よく休んでね。僕はこのまま家に帰っても眠れそうもないから飲みにいってこようかな」

「そう言うと思った。私たちが退院する前に思う存分飲んでおいで。退院したらちゃんとよろしくね」

「もちろんよ！」

面会時間も終わり、僕は病室を後にした。飲みにいく前に、準備しておいた例の報告メールを、お世話になっている方々一人ひとりへと送った。

【ご報告】
本日、我が子が無事生まれました。体重2602グラム、母子共に健康で今のところ女の子です。笑
名前はこの数日中に最終候補から決める予定です。公でのご報告は母子の体調含め少し落ち着いてから改めてさせていただきますので、それまでは温かく見守っていただけれ

ば幸いです。……

あたらしいファミリーのかたちにもなります。皆さまからのアドバイスをいただきながら力を合わせてがんばりたいと思います。改めて今後ともよろしくお願いいたします！

最後に三人の名前を並べて送信すると、その直後から「本当によかったね！」「おめでとう!!」と次から次へとあたたかいメッセージが届いた。まだまだ不安もあるけど、この子がみんなに祝福されて生まれてきてくれたことにほっとした。

少し後になって、おかんの友人からはこんな返信をもらった。

「本当によかったわね！　おめでとう！　ところでこの『ゴン』っていうのはワンちゃんか何かかしら？」

これには思わず噴き出してしまったけど(笑)。

精子提供のことまで皆さんに詳しく伝えていたわけではないので連名の意味が伝わらないのも無理はない。これから時間をかけて、少しずつ少しずつ、僕たちファミリーのことを皆さんにお伝えしていこう。

第2章

3人で親になってみた

名前に込めきれなかった思い

最終候補に残ったのは「ほし」と「ある」だった。

妊娠がわかってから僕たちはずっと子どもの名前を考えていたのだが、考えれば考えるほど難しく、なかなか決めることができない。出生届の期限が迫ってくる。

言うまでもなく、名前というのはとても大事な親からの初めてのプレゼント。よほどのことがない限りは一生を共にする。

アイデンティティの一部となり、時に人生を左右されるといっても過言ではない。

たとえば、「文野」という名前。もし、これが「文子」だったらどうだろうか。

「文野」はわりとユニセックスな感じなので、名前のせいで嫌な思いをしたことはほとんどなかったし、自分でも気に入っている。でも、もしもっと女性的な名前だったら全然違った人生になったのではないかと思う。祖母も母も姉も名前に「子」が入っているのに、僕だけ「子」がつかなかったのも今となれば運命的に感じている。

実際、自認する性と名前の印象が大きくかけ離れているがゆえに苦しむトランスジェンダーの人は非常に多い。

「名前を呼ばれるたびに虐待されている気持ちになった」

という友人もいたほどだ。

トランスジェンダーに限らず、名前に振り回された経験がある人は少なくないだろう。

ゴンちゃんは、松中権というその珍しい響きのせいで幼少期にいじめられたことがあったそうだ。「タンスにゴン」のCMが流行った時には絶望的な気持ちになったという。逆に、名前に助けられたこともある。大学で海外留学した際、まだ英語が話せず周囲とのコミュニケーションに苦労している時に、「My name is Gon(e) but I'm here!」［私の名前はゴン（gone＝行ってしまった）です。でも私はここにいます！」というネタだけでみんなが好意的に受け入れてくれて、初めて自分の名前を好きになったそうだ。

やはり名前は重要である。

僕たちが名前を決めるにあたってのポイントはいくつかあった。

ひとつは字画に縛られないこと。

というのは、戸籍上、彼女はシングルマザーになるので必然的に子どもは彼女の苗字を名乗ることになる。しかし、将来的には僕が養子縁組をするかもしれないし、もしかして同性婚ができるようになるとか、性同一性障害特例法の要件が緩和されれば、僕が戸籍上の性別を変えて彼女と結婚することもあり得る。そうなったら、この子も苗字が変わる可能性があるので、今字画にこだわる必要性は高くない。

ふたつめは、ジェンダーニュートラルな名前がいいということだ。「かわいい女の子」に生まれても、こんなおじさんになってしまうこともあるのだから（笑）。なるべく男、女の印象を与えすぎない名前のほうが安心だ。

そして最後は、国内外問わず覚えやすく呼びやすい名前にしたいということ。これはまったく感覚的なものだけど、平仮名で二文字がよさそうだね、などと話していた。

そんな感じで思いつくたびにラインで共有したりして、あれやこれやと三人それぞれの案を出し合い、時には書き出したり声に出したりして案を絞っていく。

そうして残ったのが「ほし」と「ある」だった。

デザイナーの彼女は、何かを思考する時は常にビジュアル重視だ。「あ」や「る」のようにくるっとしたフォルムがかわいいし、ローマ字で書いても「Aru」はなんかかわいいね！　呼びやすくていいね！と言う。

僕とゴンちゃんは「ほし」を推していた。名づけに関してあれこれ考えている時、友人からこんな話を聞いたのだ。

「名前っていうのは家みたいなものだから、見た目や響きだけじゃなくてしっかりと意味を持たせることが大事なんだよ。何かに迷った時、戻ってこられる家があるってすごく大事でしょ。それと同じで名前がしっかりしてるってことは、いざという時に戻れる場所があるってことなんだよ」

この話に妙に納得したと話したら、そこからインスピレーションを得たゴンちゃんが提案してくれた。

「僕たちのような環境で生まれ育つ子はまだまだ珍しいから、もしかしたら何かに迷うこともあるかもしれないよね。そんな時に道を照らすような、目印になるような『星』っていう意味を込めて。どうかな？」

「おっ、それめちゃいいじゃん！」

僕とゴンちゃんで盛り上がっていたら、すかさず彼女からひと言、

「重い！　生まれながらにそんなにいろいろこの子に背負わせないでよ。そうやってすぐにふたりは活動に結びつけるんだから！」

あきれ顔の彼女のツッコミに苦笑いしつつも内心やっぱり「ほし」がいいなと思っていた。最終的には生まれてきた子どもの顔を見てから決めることにした。


そして、いざ生まれてきた子どもの顔を見て「やっぱり『ほし』がいい！」と思った僕とゴンちゃん。同じく、やっぱり「『ある』がいい！」と思った彼女。

二対一となったところで、

「え!?『ほし』？　そんな犬みたいな名前やめなさいよ。絶対いや！」

という鶴のひと声ならぬ義母のひと言に、僕たちも、

「ですよね〜。僕たちも『ある』がいいと思ってたんですよ！」

とすぐに切り替えたのでした（彼女のお母さんのお友達が実際に「ほし」という名前の犬を飼っているらしい）。

そこにあるだけでいい。こんな時代だからこそ、あるがままに生きていってほしいなと願いを込めて。

たかが紙きれ

夜、子どもを抱いて寝かしつける彼女の横で、僕は出生届を記入していた。期日ギリギリでようやく名前も決まり、明日には届け出をしないといけない。

名前、誕生日、住所と書き進めると、次の欄は「父母の氏名」だった。

「そっか、父の欄に僕の名前は書けないんだね。なんだか寂しいなぁ」

という僕に、

「たかが紙きれだよ」

と言う彼女。

たかが紙切れだが、されど紙切れである。

わかってはいたことだけど、こうやって突きつけられるとなんとも寂しい気持ちが拭えない。

「僕は父になれるのかなぁ」

「もうなってるじゃん」

そう彼女は言ってくれたが。

生まれてからたった二週間だが、彼女と一緒に毎日沐浴《もくよく》をさせ、オムツ替えもし、ミルクもあげている。最初からミルクと母乳を半々にしていたので、母乳をあげること以外はなんでもした。

母親、父親の役割とはなんなのだろう。

腕の中ですやすや眠る我が子を見ると、そんなことはどうでもいいようにも思えるが、時々小難しく考えてしまう自分がいた。

翌日、僕と彼女はふたりで近所にある新宿区役所の出張所に足を運び、出生届を出した。

窓口の担当者は五十代後半くらいの男性だった。

「えーっと、こちらお父様の欄に記入はないですけど、それでよろしいですか？」

ふたりで来ているのに記入が母親の名だけだったから、あれと思ったのだろう。

僕は答えた。

「はい、それで大丈夫です」

「婚姻のご予定はありますか?」

「今のところは予定していません」

「同居はされているんですかね?」

「はい、一緒には住んでいます」

「そうですか。それでは婚姻関係がなくても男女同居の場合は事実婚にみなされますので、ひとり親手当は出ないことになりますけど、それでよろしいですか?」

「あ、そうなんですね。はい、それで大丈夫です」

「それでは確認してくるのでお待ちくださいね」

役所らしい淡々としたやりとりだった。椅子に腰かけしばらく待っていると受付番号の点灯と共に再び呼び出された。先ほどの担当者がいくつかの事項を確認し、もう一度念を押すように「婚姻のご予定はないんですよね?」と尋ねる。

わざわざ窓口で言う必要もないかなと思っていたが、「実は……」と自分がトランスジェンダーであり、結婚したくてもできない現状を伝えた。すると一瞬の間の後、「少しこちらのほうでよろしいですか？」とカウンターの端へ誘導された。

「ということは、失礼ですけど、戸籍上は女性同士ということでよろしいですか。そうであれば事実婚にみなされないので、ひとり親手当が出るはずです。ちょっと確認してきますので、もうしばらくお待ちいただけますか」

一瞬の間こそあったものの、「トランスジェンダー」という言葉を聞き返すでもなく、すぐに状況を理解し、機転を利かせてくれたことに逆に僕たちが驚いてしまった。

そこでまたしばらく待つことになったが、結局のところ出張所では判断しきれないということで、本庁舎で最終手続きすることを勧められた。

新宿の本庁舎でも出張所の男性と同じように終始淡々と、かつ丁寧に対応してもらえた。

「なんだか時代は変わったなぁ〜」

僕に限らずセクシュアルマイノリティであるがゆえに、役所などの対応で嫌な思いをすることは少なくないのだが、社会は確実に変わってきていると実感した出来事だった。もしかしたら新宿区という土地柄もあるかもしれないが、少しずつ変化してきていることは間違いない。

そういえば、妊娠中は病院でこんなことがあった。

ゴンちゃんが「エコー検査って僕も行けるのかな？」と言うので、僕たちの事情を看護師さんに相談した。僕がトランスジェンダーであることや精子提供を受けて体外受精で妊娠したという事情を説明してもさほど驚く様子もなく、淡々と、というよりもむしろニコニコと優しい笑顔で聞いてくれた。

「それはよかったですね！　とにかく、そんなことでどうこう言うスタッフはうちの病院には誰もいませんから安心してくださいね。出産の立ち会いはどうしても一人だけという決まりがあるんですが、エコー検査であれば問題はないですよ。他にも何かあればいつでも相談してくださいね」

僕たちの予想に反して快く受け入れてくれた。次の定期検診ではゴンちゃんも一緒にエコー検査で赤ちゃんの姿を見ることができた。今思い出してもとてもあたたかい時間だ。

また出産後は、僕がファースト抱っこをさせてもらった分、ファースト沐浴はゴンちゃんにしてもらった。退院時に指導を受け、慣れない手つきで沐浴をさせるゴンちゃん。初めて触れる小さな命に顔をほころばせる様子を僕がカメラで撮影した。それを笑いながら見守る彼女。そんなママ＆ダディーズを病院スタッフの方々はあたたかく見守ってくれた。

結局、僕たちは親が三人もいるのに「ひとり親」手当をいただくのもなぁということでそれは辞退したが、この窓口でのやりとりも忘れられないひとコマになった。

皆さんにご報告

過去と未来のカミングアウト

トランスジェンダーには過去と未来、二種類のカミングアウトがある。

ひとつは、まだ女子高生だった僕がトランスジェンダーであることを明かし、「今後男性として社会生活を送っていきたい」という未来に向けてのカミングアウト。

もうひとつは、おじさんとなった僕が「もともと女子高生でした」と明かす過去のカミングアウトだ。

「わざわざカミングアウトなんてしなくてもいいじゃん！　フミノはフミノなんだから！」と、言ってくれるその気持ちは嬉しいのだけど、実際にはそんなに単純な話ではない。

ホルモン投与をすればヒゲが生えたり声が低くなったりと見た目が変化していくので、周囲にカミングアウトしないままでの性別移行は不可能に近い。また、移行後にカミングアウトしていなければ「フミノって高校どこ行ってたの？」などというありふれた質問に女子校の名前を答えるわけにもいかず、嘘をつかなければならなくなる。

何かを隠すためにひとつ嘘をつけば、またそれを隠すために次の嘘を重ねる必要があり、会話の辻褄がどんどん合わなくなるので人間関係が億劫になっていく……。

これは決して当事者だけの話ではない。当事者の家族や身近な人も同じだろう。たとえば僕が公表していなければ「フミノちゃんもそろそろお年頃じゃない？　彼氏はできた？」そんな親同士の会話に、おとんおかんが気を使うことになる。そのたびに親の顔を引きつらせてしまうのはあまりにも申し訳ない。彼女も同じく、「そんなに長くつき合っているのになんでフミノと結婚しないの？」そんな質問に答えを詰まらせることになってしまう。

ではカミングアウトすればいいじゃん？というと、それはそれでまた困難が待ち受けている。

「僕はトランスジェンダーです」と顔に書いているわけではないので、当然一回だけでは済まず、初めて会う人にはそのたびにカミングアウトし続けなければならないのだ。同じ場に知っている人と知らない人がいると、会話が噛み合わずまわりにも気を使わせてしまうから、この人には言うけど、あの人には言わない、といちいち分けるのもなかなか難しい。

そしてカミングアウトをすれば、差別的な言葉や扱いを受けることは免れない。実際に僕はトランスジェンダーという理由で就職の面接に落ちたことがある。残念ながら、それがまだ日本社会の現実だ。そのたびに驚かれ奇異な目で見られる。仮に好意的に受け入れられたとしても無邪気に、「いつからそうだったの？　ご両親は大丈夫？　セックスはどうするの？」と毎回毎回、同じ質問攻めにあう。そこに悪気がないだけに、怒るわけにもいかない。

今日あった楽しい出来事とか、最近流行りのレストランなどなど、いわゆる「普通」の会話がしたくても、性別の話をしているだけで時間が過ぎていく。僕はいつだって「今」と「これから」の話がしたいのに、これまでの話をしているだけで一日が終わってしまうのだ。

このようにトランスジェンダーはカミングアウトしてもしなくても茨の道。

性別移行のために致し方なく未来へのカミングアウトはしたとしても、移行後は新しい土地や職場でもとの性別で過ごしていた過去を隠して生活をしている当事者が大半だ。周囲の理解なくして社会生活を送るのは本当に難しい。

そういった意味でも僕の場合は十五年前に本の出版というかたちで世間一般に広くカミングアウトできたことは非常によかったと思っている。出版当初はそこまで考えていなかったのだが、今振り返ってみれば、日々の説明が圧倒的に楽になったからだ。

僕がゼロから説明しなくても、メディアか何かで見かけた情報で最低限のことは知ってくれている。さらに興味があるという人には、

「ぜひこの本読んでみてくださいね」

と手渡し、これまでの話は本に任せ、今とこれからの会話からスタートできるのはなん

とも気が楽だ。

公表する？　しない？

しかし、である。

前置きがだいぶ長くなってしまったのだが、子どものことはどうだろうか？　子どもが生まれたことを公表するのかしないのか、ということに関しては、僕もさすがに悩み、長いこと答えが出せずにいた。

特に彼女は、わざわざ公表する必要はないのではないかという思いが強かった。

「ゴンさんやフミノさんの活動は理解しているけど、子どものことまで公表する必要はないんじゃない？　私は特に誰かに伝えたいメッセージなんてないもん。だって、好きになった人がたまたまトランスジェンダーだっただけだし、子どもが欲しいって思った時にその方法しかなかっただけ。特別なことがしたくて子どもをつくったわけじゃないんだから」

ごもっともだった。しかし、先に述べたとおり、公表しなければまた会う人会う人にゼロから説明し続けなければいけないのは目に見えており、それをそれぞれの両親や友人にまで背負わせるのは現実的ではなかった。

一方で、公表することでこの子が何かしら社会の批判対象となってしまったら……。

ＬＧＢＴＱの存在がまだ広く日本社会に受け入れられているといえない以上、そういった親に育てられることで、子どももまた社会から疎外されかねない。自分が誹謗《ひぼう》中傷を受けるのは耐えられても、それだけは絶対にしたくなかった。

うーん……どうするべきか……。

ＬＧＢＴＱの当事者が子どもを持つ。

欧米に比べれば日本はまだはるかに少ないが、では日本にはいないのかと言えば決してそういうわけではない。代理母出産が認められていない日本において、ゲイカップルが子どもを持つことはまだ非常にハードルが高いが、僕のようなトランスジェンダー男性とシスジェンダー（出生時に割り当てられた性別と性自認が一致している人）女性のカップルや、レズビアンカップルなどは、何かしらのかたちで精子提供を受けて子どもを産み育てるケースは確実に増えている。また、戸籍上の異性間で結婚して子どもをもうけ、離婚後に同性パートナーと共に子育てをするケースもある。

ＬＧＢＴＱで子育てをしている方は、僕が知っているだけでもかなりの数いるが、日本ではほとんど可視化されていない。なぜならＬＧＢＴＱが子どもを育てる、というと必ず「子どもがいじめられたらどうするんだ！」という批判があり、それを恐れてご近所や学校などの周囲にもそのことを伝えないまま子育てしているケースがほとんどだからだ。

子どもが批判の対象になるのは怖い。しかし、それはいじめられる子どもには何の問題もなく、いじめる社会の側に問題があるわけで、そんな社会を変えるためにも、ＬＧＢＴＱ当事者が親として子育てをしている現実を知ってもらうことが大切なのではないか。

また僕やゴンちゃんはメディアに出る機会も多いので、黙っていてもバレるのは時間の問題だった。何よりこの子が大きくなった時に自分が「隠されるような存在だった」と思ってほしくないという思いも強かった。

このように僕と彼女とゴンちゃんの三人で様々な角度から何度も話し合った結果、公の場でご報告しようということになった。そして公表するのであれば中途半端にして誤解を招かないようにしたいという思いから、僕たちはBuzzFeedJapanのロングインタビューに答えることにした。

思わぬ反響

BuzzFeedJapanの編集長（当時）だった古田大輔さんに相談すると、

「課題はいろいろあるけど、子どもができるというのはハッピーなことなんだからハッピーな記事にしましょう！」

と、数回にわたるインタビューを行い、丁寧に言葉を紡いでくれた。お涙頂戴的な記事ではなく、事実を事実として、嬉しいことはもちろん不安や戸惑いもそのままに書いていただいた。僕たちとしてはこれが正解だと言うつもりも何かを結論づけるつもりもなく、ただこんなファミリーもいるんだよということを知ってもらう機会になれば、という思いだった。


どんな反響があるのだろう……これまでも様々な取材を受けてきたけれど、こんなにドキドキしながら記事の公開を待つのは初めてだった。

そして、子どもが生まれてから約二ヶ月がたった二〇一九年の年明け、「ゲイとトランスジェンダーと母と子　新しいファミリーが生まれた」と題された記事がアップされた。

この記事は僕たちの予想をはるかに上回るスピードでシェアされていった。そしてある程度の批判を覚悟していた僕たちの想像とは裏腹に、SNS上は驚くほど祝福のメッセージで溢れることになった。

「本当によかったね！」

「記事を読んでとても幸せな気持ちになりました！」

「おめでとう！」

「おめでとう！」

「おめでとーう!!」

この記事は歴代のLGBTQ関連記事の中でもっともシェアされたと言われるほど反響は大きく、そのうちの九割九分九厘が肯定的なコメントだった。

もちろん批判的なコメントがゼロだったわけではない。案の定、

「親の勝手で子どもがかわいそうだ！　子どもがいじめられたらどうするんだ!!」

そんなコメントもあったが、そこには別の方から、

「子どもがいじめられたらどうする、というあなたのそのいじめからやめなさい」とピシャリ。

このように僕たちのファミリーが社会に肯定的に受け止めてもらえることがわかったことで、まずはホッとひと安心することができた。

「自分も子ども欲しかったけど、そんなことは無理だと思っていたからな。あと二十年若かったらなぁ」

「俺もゲイである自分の人生をそれなりに満喫してきたつもりだけど、唯一の後悔は子どもが持てなかったことなんだよね」

ＬＧＢＴＱの先輩方からはそんな言葉をたくさんかけられることになった。また若い世代からは、

「自分もいつかは絶対子どもが欲しいと思っているのでとても勇気をもらいました！」

「僕も子どものことをずっと考えてたんですが、子どものためには結婚しなきゃ、そのためには手術もしなきゃと思ってたんですけど（※日本の現状の法律では生殖機能を取り除く手術を受けなければ戸籍上の性別変更ができない）、どうしても手術には踏みきれなく

て……。でも戸籍変更なしでも家庭を築けるというのは新しい発見でした！」

また、当事者以外の方からもたくさんのコメントがあった。

「子どもは欲しいけどなかなか授からなくて。これまで自然妊娠にばかりこだわっていたけど、いろんな選択肢があっていいんだと思ったら気持ちが楽になりました」

「血のつながりのない子どもを育てているんですが、なかなか人には言えずにいました。でもいろんなかたちがあっていいですよね」

さらにすぐ身近にいたLGBTQではない友達からも妊活の相談を受ける機会が圧倒的に増え、LGBTQに限らずいかに今の日本社会で子どもを持つことに多くの人がハードルを感じているのかを知った。

結婚して子どもを持たなければ幸せになれないとは思わない。

でもたとえば、LGBTQだから、血のつながりがないから、他にも○○だから、と自らできない理由づけをしてしまい、こんなに素晴らしい人生の機会をハナから諦めてしまっているのだとしたら、それはあまりにもったいないのではないだろうか。

僕の場合、子どものいる生活を経験した今となっては、子どもがいない人生はもはや考えられない。もし子どもを持たなかったら、人生の半分は損をしているとさえ思ってしまうのが、今の正直な感覚だ。

もちろん、これはあくまで子どもが欲しいと強く願っていた僕個人の感覚なので、子どもを持たないという選択肢を否定するつもりはない。でも、もしも子どもを持ちたいという気持ちがあるのであれば、諦める必要はないのではないか。諦めてしまいたくなるような現実もあるけど、血縁や法的なつながりなど既存のイメージにさえこだわらなければ、そこには思っている以上に様々な選択肢がある。

ライフスタイルが多様化すれば、家族の在り方もいろいろあるのは当たり前のこと。自分たちだけではなく、多くの人が婚姻のかたちや血のつながりにかかわらず、子どもを持つことに対して様々な選択肢を求めていることを知り、このように公表したことも意味があったのではないかと思っている。

不安もたくさんあったけど、多くの人たちに祝福していただくかたちでファミリーとしての生活をスタートすることができたのは本当にありがたかった。改めてここまでの道のりでお世話になった方々へ感謝しながら、僕たちも晴れ晴れと新生活をスタートさせた。

虐待の疑い？

誕生から約三ヶ月がたって赤ちゃんとの生活にもリズムができ、子育ても仕事も充実した頃にそれは起こった。

〈さっき突然東京都の職員の人が家に来て、いろいろ大変だった〉
〈えっ⁉　どうしたの？〉
〈帰ってきたらゆっくり話すよ〉
〈大丈夫なの？〉
〈もう引っ越したい……〉

地方講演を終え、ローカル電車に乗って空港へ向かう途中、彼女からきたライン。

僕はＬＧＢＴＱやダイバーシティに関する研修や講演を年間約百二十本ほど行っている。赴く先は企業、自治体、学校など様々だが、そのうちの約半数が関東圏外なので、毎週必ず新幹線か飛行機に乗る生活をしている。子どもが生まれる前までは、講演後に現地で活動をする方々にお会いしたり、土地の美味しいものを食べたりして一泊することが多かった。

しかし、それではかなりの日数家を空けることになってしまうので、彼女が妊娠してからは基本的に全て日帰りに切り替えていた。北海道日帰りの翌日に四国日帰り、なんてことも日常茶飯事で体力的には少々しんどい面もあったが、それでも夜や朝に一瞬でも子どもと共に過ごす時間は何ものにもかえがたいものだった。

電車を降り、すぐに彼女に電話をした。突然の出来事に僕も状況が把握できず、彼女の話には耳を疑った。

なんでも僕たちが子どもを虐待しているという通報があったらしく、都の職員がいきなり自宅に来たというのだ。

僕は久しぶりに頭に血が上るのを感じていた。自分で言うのもなんだが、僕は喜怒哀楽の「怒」の感情が圧倒的に少ない性格だ。抑えられないほど怒ることなんて数年に一度もないのだが、この日ばかりは本当に頭にきた。

状況を把握しようといろいろ質問しても「とりあえず大丈夫だから」と、口数が少ない彼女。きっといろいろと思うことがあるのだろう。BuzzFeedの記事で社会にあたたかく受け入れてもらうことができると思っていた矢先の話だったので、現実を突きつけられ余計にショックだったこともある。また、自分が家におらず、彼女ひとりにその対応をさせてしまったことも悔しくてたまらなかった。


ようやく帰宅して改めて事情を聞くと、今日は家族構成などこまごまとした質問に答えて終わり、次回は僕が家にいる時に話をしたいということだったので、僕はすぐに都の担当者に電話をかけた。意外にも担当者の口調は丁寧でむしろ申し訳ないというような低姿勢なものだった。彼が言うには、通報は何件かあったが、同一人物からの可能性もあるということ。

「虐待の疑いって言いますけど、具体的にはどんな内容の通報だったんですか？」

「まぁ、あのぉ、そのですね、うーん……」

「はっきりおっしゃってくださらないとこちらもわかりませんので。ちゃんと教えてください」

「はい……、えぇっとそのままの言葉で言いますと、新宿にあるとんかつ屋さんで、女装のゲイが赤ちゃんを囲んで裸にし陰部を触っているという……」

その瞬間、怒りを超して噴き出してしまった。なんてくだらない、悪質ないたずらなのだろうか。悲しくなった。これ以上怒っても虚しいだけだし、ましてや電話の向こうの担当者に文句を言ったところで仕方ない。

「確かにうちの父親は新宿でとんかつ屋を経営しています。ですが、子どもはまだ一度も店には連れていったことはありません」

「そうなんですね。大変申し訳ないのですが、お店の名前を教えてもらえますか？　お店の方にも確認をとらなくてはならないので、連絡先とどなた宛に連絡すればよいか教えていただけますでしょうか？」

僕はその晩、おとんにその件を話した。

「そうか。お前も大変だな。こっちで対応しておくから大丈夫だよ」

「忙しいのにこんな件でほんと申し訳ない。よろしくです」

親にこんなことで手を煩《わずら》わせるのはなんとも申し訳なかった。


以前からお世話になっている弁護士さんにその件を共有すると、

「今回の件はもちろん『いいこと』とは言えないですけど、悪いことでもありません。もし本当に虐待の疑いがあれば都の職員ではなく、児童相談所の方がくるはずなので。おそらく事情はある程度わかった上で、通報を受けたことに対して何かしら対応した記録を残しておく必要があって来たのだと思います。むしろ、こちら側で真摯《しんし》に対応して都の職員の方に味方になってもらっておいたほうがいいかもしれませんね」

なるほど。こういった時にすぐ相談できる専門家の方が近くにいてくださるのは心強く本当にありがたいことだ。

僕は今回の一件で、今までにないような怒りと不安を感じた自分に驚いた。これまでも心無い誹謗中傷を受けたことがなかったわけではないが、自分に向けられたものであれば自分の中である程度処理ができる。また、親が批判された時は申し訳ないとは思ったが不安を感じるわけではなかった。

しかし、パートナーや子どもの場合またわけが違うのだった。それだけ、自分以上に大切に思う存在、何に代えても守りたいと思える大切なものができたということ。これまでとはまた違うステージにきたのだと、親としての覚悟のようなものが改めて固まった気がした。

六人のジジババ

親が三人となると、ジジババは六人、ありがたいことに皆健在で、我が子はなんだか忙しそうだ。

それぞれの両親に妊娠を報告したのは彼女が安定期に入る頃だった。

「おめでとう！　よかったわね！　でも……、ゴンちゃんから精子提供を受けて、彼女が産むのよね。それって私たちの『孫』って呼んでいいのかしら？」

報告した当初は喜びと戸惑いを見せていたうちの両親も、今ではすっかり孫にメロメロな日々。僕たちは同じ建物の一階と三階に住んでおり週末の夜は一緒にご飯を食べることが多いのだが、「あるちゃんが好きだと思って」と、孫が生まれてからは料理の品数が一段と多くなった。ご飯が終わるとじーじと遊ぶのが恒例で、お酒のグラスを傾けながら孫と遊ぶおとんはなんとも嬉しそう。「今となってはあなたが女の子だったなんてことはすっかり忘れちゃいそうだわ」なんて。孫ができたことで、以前にも増して両親との会話も増え関係もどんどん深まっているような気がしている。

彼女の両親に報告した時は、既に和解していたとはいえ長年の反対もあったので「もしも嫌な顔をされたらどうしよう……」と少し緊張したのだが、そんな心配もまったく無用だった。

「あら！　よかったじゃない！」

と笑顔で喜んでくれたお義母さん。

「フミノを選んだ時点でうちらにはそれはないと思ってたからな……」

と嬉しそうに涙ぐむお義父さんを見た時には、思わずこちらも視界が滲《にじ》んだ。

デザイナーのお義母さんは、孫のために洋服をつくるのも選ぶのも楽しいようで、会うたびに新しい服を持ってきてくれるため既にクローゼットに入りきらない。孫をかわいがるご両親の姿を見ると、ふたりとも本当に子どもが好きなことがわかる。彼女もこんなふうにたくさんの愛情を受けて育ってきたんだなと、いろいろあったけどここまでこられて本当によかったと改めて今がある喜びを噛み締めた。

僕と彼女の両親にとっては初孫ということもあり、とにかくみんながメロメロだ。今ではしょっちゅうお互いの家を行ったりきたりして、みんなで一緒にご飯を食べている。

ゴンちゃんの両親にとっては七人めの孫となったが、それでも報告した際には大喜びだったようだ。

「あんなに嬉しそうな両親の顔は見たことなかったよ。やっぱりゲイだってカミングアウトしてから、僕には子どもは無理だと思っていたんじゃないかな」と話すゴンちゃんも、これまでにないほど嬉しそうな顔をしていた。

ゴンちゃんの両親は金沢に住んでいるということもあり、なかなか頻繁に会うことはできないのだが、それでも東京に来た時には一緒に遊んだり、台湾旅行に行ったりもした。あるちゃんの一歳の誕生日の時には金沢から大きなプレゼントが届いた。一緒にその包みを開けてみると、ぴよーんと飛び出したのはふたつに折りたたまれた胴長の猫「にゃんた」のぬいぐるみ。数あるおもちゃの中でこの絶妙なチョイスがたまらない。きっと孫の喜ぶ顔をいろいろ想像しながらこれを選んでくれたんだなぁと思うと、その気持ちがまた嬉しかった。

一度だけ三人の両親も含めみんなで食事をしたことがある。残念ながら、そんな時に限ってうちのおかんが直前にインフルエンザにかかり欠席になってしまったのだが、それでもみんなで同じテーブルを囲んで楽しく食事ができたのはいい思い出だ。子どもができたことでファミリーの輪がどんどん広がっていく感じ。こんなカラフルなファミリーもありだろう。

三人の親、六人の祖父母、そして数えきれないほどの親戚。「親戚付き合い」を考えると一体どこまで……なんて難しく考えるのは大人たちで、あるちゃんにとってはきっと

「お年玉が他の子よりもたくさんもらえてラッキー！」くらいに思うんじゃないかとも。

自分が親になれたことも嬉しかったけど、その喜び以上にそれぞれの両親をジジババにしてあげることができたことが何よりも嬉しい。

うまくいかない

二ヶ月の育休

それまで新宿で小さなアパートを借りて、ふたりで暮らしていたのだが、妊娠を機に僕の実家に引っ越し、両親と二世帯同居することにした。「両親と同居なんて彼女が嫌がったんじゃないの?」とよく聞かれるのだが、むしろ彼女の希望だった。付き合い始めた当初からうちの両親とも仲良くしてくれており、僕が出張で家にいないことも多いので、同居のほうが何かと安心だという。

多少のリノベーションはしたが、家のつくりは僕が生まれ育った時のまま。自分のセクシュアリティに強い違和感があることを誰にも相談できずに、夜中にひとり膝を抱えて悩んでいたこの部屋で、まさかパパとなって子育てする日がこようとは。人生何があるか本当にわからない。

「とにかく最初の二ヶ月が大事！」と口を揃える先輩ママたちのアドバイスに従い、生まれてから二ヶ月間は仕事を極限までセーブしていた。ちなみにこのママ友ネットワークは、女子校時代の同級生たち。この同級生の多くが、すでに子育てに励む先輩ママとなっていて、妊娠中からいろいろ教えてもらっていた。

もともとフリーランスなので育休も何もないのだが、この二ヶ月は僕の「育児休業期間」とした。今思い返してもこの間は休みをとって本当によかったと思っている。

赤ちゃんとの生活が始まると、「最初の二ヶ月」とみんなが口を揃えて言っていたわけがすぐにわかった。ミルク！　オムツ！　ミルク！　オムツ！とやっているだけであっという間に一日が過ぎていく。新生児は寝てるだけでしょ、と思っていたが、沐浴や哺乳瓶の消毒や洗濯もろもろ、思っていた以上にやることが多い。内祝いの用意や行政書類の手続きなんかもこまごまとあって、とてもじゃないけど一人では手が足りない。

日々の成長著しく、毎日変化していく子どもの姿を見逃すことなく、一緒に過ごせたのは本当に貴重な経験で、このタイミングを逃していたらきっと後悔していただろう。

出産による体のダメージが大きかった彼女のサポートをできたことも大きく、子育てという長い道のりを共にするパートナーとして信頼関係を築けたことが何よりもの収穫だった。

微妙な距離感

妊娠中から三人でどうやって子育てしていくかをいろいろ想像してきたが、ゴンちゃんの関わり方は相変わらずつかめないままだった。

気づけば、一人ひとりが互いへのストレスを募らせるようになっていた。

原因は三人の間で情報共有がうまくいかず、ゴンちゃんとの距離感がうまくつかめずにいたこと。そしてそれは、ゴンちゃんに任せないからうまくいかないのか、うまくいかないから任せられないのか、というニワトリタマゴ問題になっていた。

三人とも子どものいる生活が初めてなので、そもそも何がわからないのかがわかっていないという、親としても非常に未熟な状態からのスタートだ。赤ちゃんが何時にミルクを飲み何時に寝る、なんてルーティンがすぐに定まるわけもなく、とにかく毎日がトライ&

エラーの繰り返し。

当初、ゴンちゃんはなんとなくいいタイミングで来られる時に来てもらえれば……なんて話していたのだが、会社から独立したばかりのゴンちゃんの生活は不規則になりがちで当然そんな都合のいいタイミングなんてやってこない。

「フミノと彼女の都合がいい時に声かけてよ」と言われても、こっちも声をかける余裕などない。タイミングが合わないままずるずると時は過ぎ、その間にも赤ちゃんは目に見えて成長していく。一週間も会わずにいれば、ミルクのあげ方も沐浴のタイミングも変わってしまう。

だからゴンちゃんが久々に子どもに会ってもなかなか手慣れず、怖々といった手つきで抱っこされれば赤ちゃんも安心できずに泣きだしてしまう。

この世に誕生したばかりの赤ちゃんは、大げさではなく一歩間違えればあっという間に消えてしまいかねない小さな命。ゴンちゃんの慣れない手つきにギャン泣きしている子どもを委ねるのはこちらも不安だし忍びない。結局、「ゴンちゃんはもういいから」と僕たちで子どもを取り上げてしまう。

そんな感じで、せっかく家に来ても任せられないからうまくいかないし、うまくいかないから任せられない、という悪循環が生まれていた。

三人のズレ

僕も育休が明けたら、それまでのようにはいかなくなった。二ヶ月間仕事を休みはしたが、決して余裕で休んだわけではなかった。僕の仕事は研修や講演会が大半なので自分が稼働しなければ収入につながらないものばかりだ。二ヶ月の休みをとるため、その前後に仕事を無理やり詰め込んだので、仕事が再開すると同時にフル回転、休んだ分を取り戻すべく必死で働いた。

朝は早いし帰りも遅い。帰宅した時には彼女も子どもも寝ているし朝は起きたらすぐに支度をして家を出ていく。彼女とも育休中のような密なコミュニケーションがとれず、赤ちゃんの日々の成長の変化も追えなくなった。

そうこうしていると、いざ時間ができて僕があやしても泣き止《や》まなくなり、結局彼女にパスをしてしまう。彼女も自分がやったほうが安心なので、結局僕には任せられない。ゴンちゃんと同じような状況に陥った。

僕の意識も甘かった。子どもが保育園に入る四月まで彼女が育休なのをいいことに、基本的に家のことは任せればいいと思ってしまっていた。正直、最初の二ヶ月を一緒に過ごしただけでやった気になり少し気が抜けていた。

互いの育った家庭環境の違いも大きかったかもしれない。父親は外で仕事、母親は家事育児という典型的な昭和スタイルの家庭で育った僕。一方、彼女のお母さんは産後二ヶ月頃には海外出張を再開するほど仕事が忙しく、子育ての中心はお父さんが担っていたという。

「フミノはイクメンだなぁ」

同居する僕の両親からは感心されることも多かった。オムツなど一度も替えたことがないというおとんからすれば、そりゃやってるほうだろう。僕も自分なりにはかなり育児をしているつもりだった。しかし、彼女からすれば全然足りていなかったらしい。


様々なズレをすり合わせられないまま日々が過ぎていく。僕と彼女もなんとなくしっくりこない。夜泣きもひどく慢性的な睡眠不足もあり、彼女の負担と不満はますます大きくなっていく。感情をぶつけられることが多くなったが、僕はなぜそんなにイライラしているのかも理解できず、どう対応していいかわからなかった。

ぐっすり本

そんな時、友人のインスタグラムで赤ちゃんの寝かしつけに効果的という本が紹介されていた。愛波文さんの『ママと赤ちゃんのぐっすり本』(講談社)という本で「実践的でとても役立ちました！」というコメントを見てすぐにキンドルで購入した。読んでみると非常にわかりやすく実用的なアドバイスが書かれていた。これを実践すれば、彼女の寝不足も少しは解消されるかもしれない、早速これを彼女に……と思ったのだが、同時にふと違うアイディアが浮かんだ。

この本をゴンちゃんから彼女に提案してもらおう。日常生活を共にしている僕たちと、たまに来るゴンちゃんとの間で、最近はだいぶ温度差ができてしまったように感じていたからだ。彼女のストレスのひとつにゴンちゃんの育児に対する積極性がない、というのがあった。やはりふたりで育てたかったと言う可能性を心配していたのに、ゴンちゃんの積極性がないことに対して不満を言う彼女を少し意外に感じつつ、この本がそれを解消するきっかけになればと思ったのだ。

僕は彼女ともゴンちゃんともそれぞれ十年近い付き合いだし、嫌なことも含めてある程度言い合える仲だが、彼女とゴンちゃんはまだ腹を割ってしっかり話せる間柄ではなかった。たとえば出産直後、入院中だった彼女に広島出張のお土産といってゴンちゃんはもみじ饅頭を手渡していたけど、彼女はあんこが苦手だった。まだそんなことも知らないゴンちゃん（当たり前だけど）と、その場で「あんこは苦手」と言うこともできず苦笑いで受け取る彼女。そんな具合に腹を割って話す以前の距離感のまま、子どもが生まれ、新しい生活に突入したのだから無理もない。

常にお互い言いたいことがあってもなかなか言い合えないもどかしさがあった。僕はどちらからも話を聞いているので、なんとかこのふたりの橋渡しができないものかと試行錯誤していたのだ。

この本をふたりのコミュニケーションツールとして使えないものか。ゴンちゃんから提案してもらい、少しでも寝不足が解消できれば……。

しかし、そんなにうまくはいかなかった。というかむしろそれが引き金で互いのストレスが爆発してしまった。

ある休みの日、僕はその本の存在には触れず、「友達からこうやって寝かしつけるといいって聞いたんだよね〜」と書いてあるとおりに試してみると、びっくりするほどすやすやと赤ちゃんがお昼寝を始めた。それを見た僕は「おぉ！　これは本当によいではないか！」と感心し、そのまま隣で一緒に寝てしまった。

ふと目が覚めると、めちゃくちゃ不機嫌な彼女がいた。

「え？　なんで……？」

と怖くて聞けないままでいると彼女が口を開いた。

「フミノさんは呑気でいいよね。そんな寝てる暇があったらあれもこれもやることあるんだからちゃんとやってよ！」

そこからあれやこれやと言われ、ごもっともなところももちろんあったけど、そのほとんどは八つ当たりのようにしか聞こえなかった。

これは後から聞いたのだが、あまりにも赤ちゃんがスヤスヤ寝ているのを見て、これまで寝つきが悪い赤ちゃんと格闘しながら自分が一生懸命やってきたことが一瞬にして否定された気分になって思わず感情的になってしまったのだそうだ。それくらい彼女も余裕がなく毎日必死だったのだ。

しかし、その時はなぜ怒っているのかわからなかった僕は、睡眠不足くらいしか原因が思いつかず、とにかく彼女が少しでも早く眠れるよう、ゴンちゃんから早くこの本を彼女に提案してくれるようラインを入れた。

それとは別に、三人のグループラインではまた他の話でギクシャクしていた。保育園の入園式があることをすっかりゴンちゃんに伝え忘れていて、連絡が直前になってしまったのだ。伝えた時にはもうスケジュールが埋まっており、そんな大切な日ならもっと早く教えてほしかった、とゴンちゃんをがっかりさせてしまった。

夫婦間でも「そんなの聞いてない！」「いや、ちゃんと言ったはず！」なんてすれ違いはよくあるだろう。僕と彼女の間でもそうだ。それが三人となるとさらに難しかった。直前になって、「あれ？　これゴンちゃんに共有してたっけ？」なんてことは他にもたびたび起きてしまった。

三人のグループラインで共有しながら、彼女ともゴンちゃんとも個別に連絡をとってなんとかうまく橋渡しを……と思っていたが、僕も彼女とのコミュニケーションがうまくいっていなかった分、ゴンちゃんに我慢をお願いすることが多くなっていた。申し訳ないけど今彼女が大変そうだからこうしてくれないか、ああしてくれないかと。でもゴンちゃんからしたら自分への大事な連絡は後回しにされて、彼女の機嫌とりのためにフミノに言われたことをやらされて……。

みんながいろいろ限界だった。

軌道修正できずやりとりがぐちゃぐちゃになり、最終的には僕が個別にゴンちゃんと連絡をとっていたことが彼女にバレて「コソコソふたりでやりとりしないで言いたいことがあるならちゃん言ってよ！」と爆発。

その晩全員が予定をキャンセルして緊急招集となった。

緊急会議

三人で腹を割って話すのは初めてだった。今まで言いたくてもなかなか言えなかった思いを、それぞれが絞り出すように話し始めた。

とにかくゴンちゃんは遠慮がちな性格だ。ましてや子育てに関してあれもこれもとガツこられないのは無理もない。だとしても、彼女や僕が何を話しても聞いても、ゴンちゃんから返ってくる言葉は「ふたりがいいのがいいと思う」だった。

これは相手を尊重している優しさのように見えて、実は何も決めない無責任な発言ではないか？　特に一番子どもと近くにいる彼女がそう強く感じてしまっていた。

彼女は、ゴンちゃんがどうしたいのかまったくわからない、でも自分からどうなの？と聞く余裕もない。困っても誰も教えてくれないし、助けてもくれないし、初めての子育てでわからないのはみんな同じはずなのに、自分だけが子どもと向き合わざるを得ない。簡単に「わからない」と言うけど、そう言う前に育児本の一冊でも読んでみました？　洋服の一枚でも選んだことがありますか？　自分だけで何もかも判断しなきゃいけないのはおかしいのではないかと言った。ごもっともだった。

僕は仕事を再開して忙しくなったとはいえ、その分は違うことでカバーしようと僕なりにいろんな情報を集めていた。「こんな離乳食もあるみたいだよ」「寝返りできるようになったらこんなおもちゃもいいみたい」「こんな習い事もいいよね」当たり前ではあるけど、彼女のサポートではなく、自主的にやることを心がけていた。

それに対して、ゴンちゃんからのアクションは何もなく、「一緒に」と言っていたのに実際はこちらに任せきりじゃないか、と。

もちろんゴンちゃんにはゴンちゃんの言い分がある。僕たちから見えていた景色とゴンちゃんから見えていた景色は全く逆のものだった。

まず何より、この子が住む家は、フミノと彼女のプライベート空間でもあるので、自分がズケズケと行くのはどうしても気が引けるということ。実際おっぱいをあげている時に隣にいるのもなんだか気まずいし……と言うのはそのとおりだし、僕たちもゴンちゃんが家に来る時には、部屋の中に干していた洗濯物の中から彼女の下着だけをあわてて取り込んだりもしていた。

もし一緒の家に住んでいれば役割分担して、彼女の授乳中に料理や洗濯物などの家事をすることはできる。実際には家事と育児はなかなか分けられない。子どもと直接関わることだけが育児ではなく、洗濯をしたり、買い物に行ったり、食器を洗ったり、部屋の片付けをしたり、検診や予防接種のスケジュールを確認したり……生活とその周辺の膨大なタスクも全て育児と関わっている。だからといって、僕らがゴンちゃんに「うちのトイレ掃除しといてね」と頼むわけにもいかないし……。

子どもに接するところだけでもなんとかがんばろうとしても、二、三週間に一度会う程度じゃ赤ちゃんの扱いにも慣れない。育児に参加できるタイミングがなかなかつかめず、気持ちはあってもどうやって積極的になればいいのかわからなかったと言うのだ。

どうやっても子どもと関わる時間が少ないという壁は越えられない。三ヶ月たった今でも「我が子」と呼んでいいかわからない。「ゴンちゃんはどうしたいの？」と聞かれてもロールモデルがなさすぎるし、誰にも相談できないし、どうしたいかのイメージすらできずにずっと悩んでいたという。それもまたごもっともで切実な意見だった。

もちろん最初から三人で何もかもうまくいくと思っていたわけではない。それぞれがそれなりにストレスを抱えていたのはある程度わかっていたつもりだった。しかし三人の感覚のズレをうまく調整するのが僕の役割だと思っていたのに、なかなか思うようにはいかなかった。ゴンちゃんと彼女のふたりの間でももっと直接会話をしてほしいと、それぞれに何度か伝えたこともあったが、いつもなんだか煮えきらない返事だった。僕もそれ以上突っ込むのは気が引けて、もやもやしながらもそのままにしてしまった。

特に彼女に対しては、どうやっても消えない引け目のようなものもあった。僕が「普通の男」だったらこんな大変なことはなかっただろうに……ここにきてまでもまだ、そんな後ろめたさから逃れられない自分もいた。

ゴンちゃんもゴンちゃんで、自分さえ無理やり関わろうとせず、フミノと彼女がふたりでパパママとしてやっていけば、こうはならないのではないか……という思いもあったようだ。

しかし、誰一人欠いてもこの子は生まれてくることがなかった命であるというのもまた事実。そこはもう言いっこなしだ。誰に頼まれたわけでもなく、三人が望み、話し合って決めたのだから。

ひととおりそれぞれの思いを吐露し、では実際にどうすれば今の問題が解決されるのかを具体的に話し合った。一緒に住むのか、ゴンちゃんは一切関わらないのかなど、改めてあらゆるパターンを検討したが、最終的には今までのように「来られる時に」ではなく、しっかりとスケジュールを決めて定期的にゴンちゃんがうちに通うということで話は落ち着いた。

まずは毎週金曜日の朝八時にうちに来て保育園まで送っていくということになったのだった。

何が正解かはわからない。でも、やってみないことには始まらない。

とにかくやってみる、ダメだったらまた考え直す、僕たち三人での子育てはいつだって手探りだった。

第3章

子育てってなんだろう

保育園デビュー戦

入園式

僕も彼女もふたりとも仕事を続けたかったたし、そうでなければ生活は厳しい。僕たちは出産前から保育園入園に向けて申請書類を準備したり、近所の園を見学してまわった。いくつか巡った中でも一番緑に囲まれており、スタッフの方の感じもよかった園に申請を出し、運良く入園することができた。

しかし、早速つまずいたのが入園のための申請書類だった。

入園決定者のために開かれた説明会。手渡された資料の中には家族関係を書き込む書類があったのだ。

「あのぉ、すみません。こちらの家族関係の書類なんですが、僕たち生活は共にしているんですけど、法律上は家族関係が認められていなくて。法律ベースで書くのか、実生活ベースで書いていいのかわからないんですが……、どちらでしょうか？」

若いスタッフの方は少し戸惑った様子だったので、僕からまた切り出すことにした。

「ＬＧＢＴＱって聞いたことありますか？」

「えぇっと、すみません。ちょっとわからないのですが……」

「セクシュアルマイノリティの総称なんですけど、僕はトランスジェンダーというやつで見た目はこんな感じなんですが、戸籍上は女性なんです。なので生活上はこの子の父親として暮らしてるんですけど、戸籍上は赤の他人になってしまうんですよ」

「えっ⁉　そうなんですね。ちょっと私ではわからないので、上の者に確認してきます！」

驚かせたいわけでも、困らせたいわけでもないのだが、実際に保育園のお迎えに行く人の登録をしなくてはならず、書類によっては園で保管するだけでなく新宿区に提出しなければいけないものもあるので、正確に記入しないと後々問題になってしまう。悪いことをしているわけではないのに、こういった説明は毎回なんだか申し訳ない気持ちになる。

すぐに園長と副園長が来てくださった。いきなりこんな話しちゃって大丈夫だったかなぁ……でもいつかはバレることだしな……。様々な不安が頭をよぎる。

「なんだかややこしくて申し訳ありません……」

できれば長く通いたいこの園で、少しでも嫌な顔をされてしまってはこの子の先が思いやられる。僕を含む当事者の多くは、これまでに受けた様々な嫌な経験やそれを見聞きしたことで、ネガティブな情報が体の細部にまで刷り込まれてしまっている。そのため何回繰り返してもこのような場面ではマイナスイメージから逃れられない。

僕はなるべく低姿勢で相手の顔色をうかがいながら話を切り出したのだが、そんな思いとは裏腹に返ってきた言葉はとてもあたたかいものだった。

「いえいえ、全然ですよ。むしろ私たちがわかっていないことで何か失礼があったらすみません。ＬＧＢＴＱの親御さんというのは私たちが把握している限りでは初めてのケースですが、どんなことがあれ、お子さんが安心して通えるように努めるだけですから」

そのなんとも自然な返答に僕たちはまたまた感動してしまった。話を聞くと、この園では子どもたちの自発性を大切にすることはもちろん、日々の生活の中で様々な社会課題にも関心を持てるように心がけているとのことだった。よく見ると廊下の壁には子どもたち向けのＳＤＧｓ（※4）のポスターが貼ってあった。

それを聞いて安心した僕たちはもう少し突っ込んだ話までさせてもらい、保育園の送り迎えにはゴンちゃんも来る可能性があることを伝えると、パパふたりの登録でも問題がないと言ってくれたのだ。僕たちの不安はまたひとつ解消され、心がすっと軽くなった。

そして迎えた入園式。

ポカポカとあたたかい春の日差しが差し込む教室で入園式が行われた。〇歳児なので入園式と言ってもカジュアルな感じだろうと勝手に思い込んでいた僕たち（そんな軽い気持ちだったからゴンちゃんへの連絡も忘れてしまったのだが……ごめんよゴンちゃん）、普段どおりの格好で向かうと、そこにはピシッとスーツで決めているパパママたちが……。式典もかなりしっかりしていて、カジュアルすぎる格好で参加してしまった僕たちは初日早々恥ずかしい思いをしてしまった。

※4　ＳＤＧｓ
Sustainable Development Goals「持続可能な開発目標」の略称。二〇一五年九月の国連サミットで採択されたもので、国連加盟一九三ケ国が二〇一六年から二〇三〇年の十五年間で達成するために掲げた十七の目標。

親デビュー

気を取り直し、翌日からは準備万端で向かうも、最初の慣らし保育期間はまったく慣れず……毎日ギャン泣きでどうしたものかと心配したが、ゴールデンウィークを過ぎた頃から笑顔で登園できるようになっていた。園の先生方は子どもに対してはもちろん、保護者である僕たちにも、いつもニコニコと気持ちよく接してくださる方ばかりだ。

「街でパレードを見かけたことありますよ！　あのレインボーのやつですよね」

「アメリカに保育の研修に行った時、ＬＧＢＴＱの親御さんの話なんかも聞いてきましたよ」などと、声をかけてくださる先生もいて、こういう話も自然にしていいんだとさらに安心することができた。

先生方には園長から伝えていただいたが、クラスの保護者の方たちにもちゃんと言ったほうがいいのだろうか……いや、わざわざ言うこともないだろう……いや、でも、ゴンちゃんと僕が両方迎えにいって、どっちがパパなの？となるかもしれないし……なんて、いろいろ考えすぎて言えずにいたのだが、そんな不安も解消されるタイミングがきた。入園して四ヶ月たった頃に、同じクラスのママたちみんなで一度ランチをしようということになったようなのだ。こんな時にみんなで集まる定番はカラオケボックスらしい。確かに昼間のカラオケ店は安いし、静かだし、だいたいの部屋がソファなので子連れでも安心。新宿のカラオケ店に集合だという前日の夜。


「どうしよう、私たちのことちゃんと言ったほうがいいかな」

「うーん、わざわざ言わなくてもいいかもだけど、無理に隠す必要もないんじゃない？どうせいつかはわかると思うし」

「そうだよね。でも……もし何かあったらと思うと……」

「まぁ明日の様子見ながら無理ない感じでいいんじゃないかな」

カミングアウトをすることに慣れている僕とは違って、彼女はまだまだ、いつでも不安と隣り合わせのようだった。

翌日、彼女がランチから帰宅した。

「今日どうだった？　言えた？」

「うん。ドキドキしたんだけど言ってみたら『なーんだ！　早く言ってよ！　実は私もシングルなんだけどさ〜』みたいな感じで、みんなでぶっちゃけトークが始まって楽しかったよ」

「そりゃよかったね。さぞかし盛り上がったことでしょう」

「うん、二時間じゃ全然足りないくらい」

大変なのはうちだけじゃない。どこの家庭もそれぞれにいろんなことがあるんだろう。ママさんネットワークにもしっかりと受け入れてもらえたことで、さらに安心感は増していった。

こんなふうに、保育園に通い始めたことで初めて「親」という立場で社会と関わりを持つようになった。子どもがゼロ歳なら、親としてもゼロ歳。この子たちと共に一歩ずつ、僕もしっかり学んでいこう。園の子どもたちを見ながら、そう思うのだった。

いつから男の子？　女の子？

保育園のお友達に近所のスイミングスクールに誘われ体験入学することにした。

早速子ども用品で有名な量販店に水着を買いにいく。売り場へ行くと今でも見事なまでにブルーとピンクと男女で分かれていることがほとんどで、毎回気に入ったものを探すのに苦労する。夏も終わりに近づいていたこともあり、種類はそこまで多くなかったのだが、いくつか手にとって子どもに見せながら選んでいると、これがいい！と言わんばかりに引っ張り出してきたのは、かわいいイチゴがたくさん描かれたフリフリの水着だった。

正直僕も彼女も、こういった「いかにも」感満載のものはあまり好きではないのだが、自分が好きというものが一番いいはずなので否定もしたくない。

少し残念な気持ちと共に、

「そっかぁ。やっぱり女の子ってこうゆうの好きなんだな……」と思った直後、今度はどこかから大きなショベルカーを抱えてきて、これが欲しいと言い出した。

そうそう、性別にかかわらず、好きなものは好き！なんだよね。

一瞬でも「女の子だから」かわいいのが好きなんだ、と決めつけてしまいそうになった自分を反省すると同時に、自分の偏った見方でこの子の「好き！」を潰さない親でいようと思った。

男女による好みの違いは先天的なものか後天的なものか？と問われれば、それは後天的な要素が大きいのではないだろうか。

たとえば、「子どもが生まれました」と言うと、ほぼ一〇〇パーセントの確率で聞かれるのは「おめでとう！　で、男の子？　女の子？」ではないか？　そんな時僕は「今のところ女の子です」と答えるようにしている。しつこいようだが、女の子として生まれても、こんなおじさんになってしまうケースがあるのだから。

もちろん性別を聞くことがいけないとか、嫌な気持ちになったと言いたいわけではない。僕だって昔は無意識にそう聞いていたこともある。男女の区別や、男らしさ女らしさがいけないわけではなく、「らしさ」の強要が問題だと思っている。

男の子だからブルーが好きなはず、女の子なんだからピンクが好きなはずと決めつけ、それぞれにいつも決まった色のものが買い与えられていくうちに、周囲の思い込みの再生産が行われていく。そして、たとえ男の子がピンクのものを欲しがったとしても「そんな女の子みたいなのはやめなさい！」となってしまう。

そうこうしている間に、子どものほうも「自分は男だから男らしくしなければならない」と、無意識に思い込んでいく。あたかも自分の性格かのように刷り込まれてしまうのだ（逆もしかり）。そして一度刷り込まれるとよほどのことがない限り、それが自分の意思なのか、はたまた周囲や社会からそう思い込まされてしまったものなのか、気づくことは難しい。

これでは自分から純粋に湧き出る「好き！」のアンテナが壊れてしまいかねない。これが一番危険なことなのではないかと思う。

僕たちの場合は、まわりの皆さんが気を使ってくれたのか、お祝いでいただくものは白や黄色など、ジェンダーニュートラルなものが多かった。絶対ピンクは着せないと決めているわけでもないので、いただけばありがたく着せることもある。

子どものおもちゃや服はなるべくそういった偏りがないように、押しつけないように、いつでも本人が選びたいものを選べるよう心がけたい。

そんな僕たちの思いとは裏腹に、「ブルーの服だなんて男の子みたいだ」とか「女の子なんだから早く服を着なさい」などと、まったく悪気のない穏やかな笑顔で話しかけるうちのおとん……。一番身近な人ですらこうなので、バイアスを持たずに育てるというのは本当に難しい……。

ちなみに彼女のお義母さんの服を選ぶセンスは抜群で、真っ黒なお洋服などをチョイスしてきてくれることも多い。これは彼女が子どもの時も同じだったそうで、彼女の七五三の写真は着物ではなく黒の革ジャン姿で写っていた。娘の七五三に親子三人で全身真っ黒の革ジャン姿だなんて、なんともロックでかっこいい。

僕たちも既存のイメージに振りまわされず、自分たちの「好き！」を大事にできるファミリーでありたい。

パパの言い分

やっぱりママが一番？

「やっぱりママじゃないとダメなんだよねー」と言われるのが嫌だったので、僕は生後半年くらいからは、どんなに泣こうが意地でも抱っこをし続けることにした。

ベッドで赤ちゃんが泣けば、飛んでいって抱き上げる。縦や横に揺らしてみたり、話しかけたり、顔をくっつけたり、時には抱っこをしながらスクワットをしてみたり。それでも、なかなか泣き止まない。それどころか、猿のように真っ赤な顔をしてさらに泣き続ける……。

見かねた彼女に「大丈夫？　代わろうか？」と声をかけられると、一瞬甘えてしまいそうになるも、そこはぐっと我慢。心の中では「マジ助けてくれー」と思いながら、「全然大丈夫だよー」と余裕を装う。

僕が抱っこしてどんなにあやしても泣き止まなかった赤ちゃんが、彼女に抱っこされるとすぐ泣き止むのはなぜだろう。それはママだから泣き止んだわけではなくて、彼女の抱っこのほうが安心するからだろう。

彼女だって、最初から抱っこがじょうずだったわけではない。

いくら泣き止まなくてもパスを出せる相手がいなければ、あの手この手を使って泣き止むまで抱っこし続けるしかない。それを毎日繰り返しているうちにコツをつかみ慣れてくる。誰も助けてくれない、自分がやるしかない、と腹を決めて赤ちゃんと向き合っている。

「君にはその責任感がどこまであるんだい？」僕の腕の中で泣き止まない赤ちゃんに、そう問われているような気がする。

だから「なんだかんだで最後はやっぱりママなんだよね」というのはパパの言い訳だと思うことにした。

「泣きたいのはこっちだぜ……」という言葉を呑み込みながら、泣き止まない赤ちゃんを抱っこし続けること数ヶ月、気づけば僕の抱っこでもちゃんと泣き止むようになっていた。あれこれ試行錯誤した結果、あるちゃんのお気に入りはバランスボール（笑）。

どんなに泣いた時でも、最後は抱っこしながらバランスボールに座ってゆらゆらするとだいたいは泣き止んだ。

赤ちゃんには少々迷惑だったかもしれないが、がんばった甲斐もあって今ではパパもママもあまり関係ない。

もちろんママには、文字どおり泣く子も黙る必殺おっぱいがあり、それはどうやってもパパには代わることができない。しかし、逆に言えばおっぱい以外はなんでもできるのだから、できないところで勝負せずに、自分にできることを端から全部やろうと思った。

パパは本当に「できない」の？

なんだかママの肩ばかりを持ってパパの立場がないじゃないかと思うかもしれない。パパ視点での反論も、もちろんある。

パパの抱っこで泣き始めた赤ちゃんを見て、ママが「ほら、もう早くかして！」と子どもを取り上げてしまう姿を見かけることがあるのだが、それではせっかくの機会を奪ってしまうのではないか。「上手に抱っこできるようになりたくてもすぐにダメだと取り上げられて、それでいていつまでたっても慣れないと言われても……」そんな言葉を呑み込んでいるパパも多いと思う。

出産後のママは子どもを守るモードが高まっているせいか、慣れない手つきで抱っこされ泣く赤ちゃんを見て大きな不安を感じることもあるのだろう。僕の彼女もそうやってゴンちゃんから子どもを引き離してしまったこともあった（それをその場では指摘できず躊躇してしまった自分もいた）。でも、ここはぜひグッと我慢してほしいところだ。振り返れば、ここここそがポイントだと感じている。むしろ「どんだけ泣いたって知らないから、ちゃんと責任持って抱っこしてね」と任せきっちゃうくらいにしなければ、任せられないから慣れないし、慣れないから任せられないという悪循環からいつまでたっても抜け出すことができない。

他にもこんなことがあった。たまたま僕が抱っこをしたタイミングで子どもが泣いてしまったら近くにいたおばちゃんに「やっぱり子どもはママじゃないとダメなのよね〜」なんて言われてしまったのだ。パパだろうがママだろうがそれ以外だろうが、赤ちゃんが泣き止まない時なんていくらでもあるのに。

また、三人で親になったことがユニークであるということでよく取材を受けるのだが、ある時インタビュアーに子どもの体重を聞かれたことがあった。僕は生まれた時間も体重もいつもはぱっと出てくるのに、その日に限って「あれ？　何グラムだったっけ」と一瞬詰まってしまった。するとすかさず「やっぱりパパってそういうの覚えられないんですよね〜。そんなんじゃダメですよ。奥さんのサポートしっかりしてあげなきゃ」と言われてしまったのだ。

「サポート」だなんて、なんだかなぁ……。帰宅してからそのことを彼女に話すと「私なんて生まれた時間も体重も、全然覚えてなくて、いつもフミノさんに聞いてるのにね」と苦笑い。案の定、その時の記事はとてもバイアスのかかったものになってしまい、げんなりしたことがあった。

こんなふうに「パパはできない」「やらない」前提で見られてはテンションがた落ちで、一気にやる気が削がれてしまう。「ならもういいよ、どうせ男は子育てには向かないんでしょ」と、男性が育児に関わらない言い訳材料を、余計に増やしてしまうだけだろう。

何気ない子育てのひとコマにパパのやる気が削がれるポイントがたくさんある上に、実際パパが子育てに関わりづらい社会の仕組みもある。育休制度はもちろんのことだが、たとえば自治体の各種サポート。

僕たちは当時住んでいた自治体のパパママ入門学級や離乳食講習会などにも参加したのだが、このようなクラスは基本平日の昼間にしかなく、お父さんの姿はほとんど見られなかった。生まれた後になんとか育休がとれても産休がとれないパパにとって、平日の昼間の参加はかなり難しいだろう。全部は無理だとしても、ひとコマでも週末のクラスなどがつくれないものだろうか。

また、こんなこともあった。子どもの一歳検診の日、彼女が仕事だったので僕が連れていくことにしたのだが、事前に記入して持参する書類を確認していると「ママのメンタルチェックシート」はあるのに、パパのメンタルチェックシートはない。

当日指定の場所に行き、子どもと共に発育のチェックや歯科検診などを受け、最後の先生との面談でも「ママは大丈夫ですか？」と聞かれたのには驚いた。ママのメンタルチェックシートしかないだけでなく、目の前にパパが来てもパパのメンタルは聞かれることなく、ママの心配をされる……。いったいパパはどこに相談したらいいのだろうか。

他にも、たとえば未だに男性トイレには子どもと一緒に入れるトイレやオムツ替えの台がないところが多いので、そのたびに苦労することも多い。

これでも本当に「パパはやらない」のだろうか？　やりたくてもやれない環境を少しでも改善することを一緒に考えていきたいものである。ママ視点とパパ視点、改めてお互いがお互いの立場になって考えることで、よりスムーズに子育てするための改善策が見つけられるのではないか。

漫画でイメトレ

何事も最初が肝心というのは本当にそのとおりで、子育てにおいてもスタートで足並みを揃えておかないとその先もずっと差が出てしまう可能性が高いと実感する。女性は十月十日《とつきとおか》の妊娠期間があるので子どものことを早くから自分ごととしやすい一方で、自分の体に異変が起こるわけではないパパやパートナー側が自分ごととして捉えるのはなかなか難しい。ここは意識的に関わろうとしないと、どんどん置いてきぼりになってしまうだろう。

僕のオススメは漫画『コウノドリ』（鈴ノ木ユウ、講談社）を読みながらのイメトレだ。産婦人科を舞台に妊娠・出産を様々な角度から描いており、ストーリーもリアルだし何より作品として面白い。僕は彼女の妊娠中に夢中になって読破した。漫画を読んだだけで偉そうなことを言うなと言われてしまいそうだが、僕にとってはこれがかなり勉強になったのだ。

流産や死産、重度の障害など描写がリアルなだけに妊婦さんが読むには少し心の負担が大きいかもしれないが、パートナーが読むにはとてもいいだろう。僕は「もし自分が同じ立場だったらどうするだろう？」と様々なケースをイメージしながら読んでみた。

もしも入院中に何かトラブルがあったら、子どもに障害があったら、出産した直後にママが死んでしまったら……そんなことは考えたくもないが、自分だけは大丈夫なんて気楽に考えてはいけないのが出産だろう。自分が身体的なリスクを負えない分、せめて彼女にはそういったリスクがあることを理解し、自分ごととしておくのはとても大切だと思う。
現に彼女は第二子出産の際、切迫早産で緊急入院になってしまったのだが、僕はこの漫画のおかげで切迫早産に関する知識があるだけでなく既にイメトレ済み。あわてずに対応することができたし、少なからず彼女の不安を軽減することができた。

正直病院から配られた妊娠・出産に関する資料は僕にとってはかなり読みづらく、なかなか頭に入ってこなかった。漫画はとてもオススメである。お腹が大きくなるわけでもない、つわりがあるわけでもない僕は、こうやってなるべく自分ごと化するように心がけた。そして妊婦と生活を共にしていないゴンちゃんはなおさら自分ごととして考えることが難しいだろうと思い、全巻渡して強制的に読んでもらった。そうやって僕たちの間で子育てに関する温度差がなるべく生じないようにも心がけた。

ママ友ネットワーク

パートナー間で問題が起こる原因のひとつに「情報格差」があると思う。育児に限らず、何か同じ目標に向かって進んでいく時に、それに対して知っている情報の内容や量が違いすぎると、足並みを揃えて一緒にやっていくのが難しい。この情報量の違いが意識の差となり、トラブルにつながっていることもあるのではないか。

僕の場合、最初は特に自分には血のつながりがないという負い目があったので、そんな自分にもできることは何かを考えたら情報収集があった。育児に関するより有益な情報を得ることで、できない分をカバーしようと思ったのだ。本を読んだり、子育て経験のある友人知人にいろいろ話を聞いたり、今となってはこの経験がとても生きていると感じている。

子育てに関して相談できる人がいるというのも大切なことだろう。子どもが泣き止まない時どうしたらいいのか、ご飯を食べない時はどうしたらいいのか、保育園や習い事はいつから何をすればいいのか、心配はつきない。パートナー同士で相談するのはもちろんだが、ふたりだけでは行き詰まってしまうことも多い。ネット上にはいろいろな情報もあるが、どれを信用していいかわからないし、育児本もたくさんありすぎてわからない。そんな時、信頼ができて気軽に相談できる人がいるのは本当に心強く、多ければ多いほど安心だ。

僕たちは親三人ということで、三人分の知識とアイディア、そして友人がいる。それだけでなんと心強いことか。

また、こればかりは女子校出身のパパというちょっと特殊な環境のおかげなのだが、僕はとにかくママ友が多い。女子校時代のクラスメートの多くが、すでに子育てに励む先輩ママたち。子育てのことで何か知りたいことや困ったことがあった時など、この仲間のライングループに投げるだけで、リアルな最新情報を返してくれる。その情報量と精度の高さはグーグル検索でもなかなか見つけられないもので、本当にありがたいことだった。

こんな僕の環境と対極にいるのがゴンちゃんかもしれない。LGBTQで子育てをしている当事者はまだ限られているため、近しい仲間同士で集まっても子育ての話で盛り上がることなどまだまだ稀《まれ》な話。特にゲイであるゴンちゃんの人間関係はその大半が男性ばかり。もちろんゴンちゃんもセクシュアリティに関係なく幅広い交友関係はあるが、やはりなんでも相談できるような近しい友人というのは子育て経験のない男性が圧倒的に多い。そのため、ゴンちゃんが子どもの件で気軽に相談できる相手というのはかなり限られてしまうだろう。こう考えてみると育児に積極的に参加したくてもどうしていいかわからなかった、というゴンちゃんの言い分もわかる。

でもこれはゲイだから、というのとはあまり関係ないかもしれない。僕が知らないだけかもしれないけど、男性が育児に関して気軽に相談したりリアルな情報を得られる場所はママに比べるとまだまだ少ない。ママ友ランチから得る育児関連情報は計り知れないが、パパ友同士で子連れランチというのもなかなかないだろう。むしろママがいない日、残されたパパは頼るあてもなくもてあましてしまう、なんてこともあるのではないだろうか。もちろんママより情報通のパパもいるだろうし、ママはこうパパはこう、と一概に言えないのは重々承知の上なのだが、やはりまだ平均すれば男性のほうが圧倒的に子育てに関する情報とつながりづらい環境にあるのが現実だと思う。

本来パートナーは対立する相手ではなく、子育てを一緒に行うチームであるはず。チーム内の情報共有は何よりも大事なポイントだ。もしもパートナー間でうまくいかないな、なんて感じた時は「情報量の差」という視点で改善点を探ってみるのもいいかもしれない。

僕たちもまだまだうまくいかないことも多いので、自分が知っていいなと思った情報は些細なことであっても積極的に三人でシェアするようにしていきたい。

「こうあるべき」を超えていこう

責任の放棄？

いつだって聞くのとやるのとでは全然違うのだけど、子育ては思った以上だった。これまでも子育ては素晴らしいとさんざん耳にしていたが、実際に関わってみたら聞いていた何十倍も素晴らしいと感じている。

「孫の顔を見せるのが一番の親孝行」

「子育てして初めて一人前」

これまでそういった発言はマウントを取られているようでしんどく聞こえたが、自分が子どもを持ってからはそう言いたくなる気持ちも少しは理解できるようになった。それほど子育てによる経験はその人の人生に大きな変化をもたらすものであり、自分も社会も豊かにしてくれるものだと思う。

同性婚やLGBTQの存在に異をとなえる人たちの気持ちも少しわかった気がしている。

「LGBTQは生産性がない」「LGBTQが広まれば足立区が滅びる」などというとんでも発言が話題になったが、そういった発言が出てしまう背景、反対する心理、そのロジックが少し見えてきた。もちろんそれを容認することなどできないが、これは個人がどうこうというより今の日本社会の構造がそうさせてしまっているのだろう。

多くの人が、子育ての素晴らしさや尊さを経験し、そこからいかにこの一連の生命の営みがかけがえのないものなのかを実感している。そんな実体験に基づく思いと、LGBTQに対する知識のなさとが相まって、このような発言が生まれてしまうのだ。

たとえば、一部の人は知らないがゆえに、同性愛であることを本人が「選んでいる」と思い込んでしまっているが、これは右利きか左利きかを選べないのと同じように自分の選択ではない。同性愛を「選ぶ」＝本当は子孫繁栄できるのにそれを意図的に放棄している、という勘違い。「こんなに素晴らしい営みを自ら放棄するなんて何事か！　人として劣っている！」と、怒らないまでも、社会的責任の放棄と感じてしまうのではないか。そして自ら子孫繁栄を放棄するなどという身勝手な人たちのために、なんでわざわざ新しい制度をつくる必要があるのか、特別待遇する必要はないだろう、となってしまう。

だからこそしっかりと伝えたいのは、ＬＧＢＴＱの存在は決して子孫繁栄を否定したり、放棄をしているわけではないということだ。子育てに関わらないのではなく、関わりたくても関われない。自ら望んではなく、望んでも関われないような社会システムになってしまっているということにこそ目を向けてほしい。

これはきっとＬＧＢＴＱに限った話ではない。様々な理由で子どもを持ちたくても持てない人がいる。妊娠・出産に関する教育の手薄さ、出産や子育てとキャリアの両立が難しい企業の制度、性差別、忙しすぎる生活、希望を見出しづらい日本の現状などなど。

こんなんじゃいくら欲しくたって不安で子どもなんか持てないよ……。というのが本音だろう。

特別養子縁組

特別養子縁組という制度ですら、「かわいそうな子」「何か事情がありそう……」など、まだまだ肯定的なイメージを持てない方が多いのではないだろうか。しかし、実際には、養子縁組の家庭を対象に行った調査によると、「自分が今幸せである」という幸福感は、養子家庭のほうが一般家庭の子どもの平均より高い、そんなデータ（国民生活選好度調査・内閣府2012）もある。こういった統計があるにもかかわらず日本で養子縁組に対するポジティブなイメージが少ないのは、LGBTQのファミリーと同じく、幸せに暮らしている養子家庭の様子がなかなか見えてこないからかもしれない。

そんな社会風潮の中、僕の友人の久保田智子さんが、特別養子縁組で母親になったことを公表し話題となった。彼女とは数年前に米日財団が主催するリーダーシッププログラムで一緒になったのがきっかけで仲良くなった。元TBSのアナウンサーということもあり社会問題に詳しく、語学も非常に堪能、聡明で芯の強い頼れるおねえさん。とても魅力的な人だ。

しかし、はたから見ればそんな華々しい彼女も、特別養子縁組をすることは長い間誰にも相談できずに悩んでいたらしい。

「実は……」と、智子さんが間もなく母親になることを聞いたのは、あるちゃんが生まれた少し後のことだった。僕たちとはまた違ったケースではあるけれど、子どもたちも同級生ということで、話を聞いた時には近くに仲間ができたようでとても嬉しかった。


二〇二〇年末に彼女がツイッターでこのことを公表すると、多くの祝福のコメントが寄せられた。公表に躊躇する気持ちもあったという。その唯一の気がかりは、自分の娘がどう思うかを聞けないということだった。

「将来、『なんてことしてくれたの』と言われないだろうか。でもその一方で『なんてことしてくれたの』と思ってしまう、そんな社会のままでいいんだろうか……。そう考えると、社会にはこんな選択もあるという発信が大切なのではないかと思った」という彼女の意見には僕も全く同じ思いだった。

産んでないのに母親と言っていいのだろうか、自分にそんな資格があるのだろうか、批判されないだろうか……不安はつきない。

でもなぜ、産みの母と育ての母という、この子のことを大切に思う母親がふたりもいるということを、まるで悲しいことかのようにコソコソとしなくてはいけないのだろうか……葛藤を繰り返した。

智子さんが不妊症であるということはパートナーのノリさんには結婚する時に伝えていた。ノリさんは「家族とは何かを考えた時に、それは一緒に暮らしていく仲間だと思っていて、智子ももともとは赤の他人で血のつながりはないけど籍を入れてパートナーになった。この子とも血のつながりはないけど、籍を入れてファミリーになった。それでいいんじゃないかな?」と、とても自然体だ。「逆に子どもが生まれたと言えば一般的には『おめでとう!』となるのに養子を迎えたと言うと『すごいね』『大変だね』と言われるのはとても違和感があった」とも。

子育てを始めたトモちゃんは、これまで感じたことのない幸福を感じているという。最初の頃は産んでいないという劣等感から、その幸福感を素直に肯定できない時期もあったが、子どもと過ごす日々が少しずつ、少しずつ智子さんの心を溶かしてくれた。「母親とはこうあるべき」と思い込んでいた自分から解放されたことによって、子育て以外のことも、「こうあるべき」という縛りから解き放たれ、心が軽くなったという。
「もっといろんなかたちがあるんだよ、もっと自由でいいんだよ、と既存の概念にがんじがらめになっていた若い頃の自分に言ってあげたいんだよね」と言う彼女にはとても共感することが多く、今ではファミリーで一緒に旅行する仲だ。

子どもたちの前に、まずは僕たちが自分の中にもある「家族とはこうあるべき」という決めつけを乗り越えていこう。

この子たちに「こんな素敵な時代に生んでくれてありがとう」と言ってもらえるように、まだまだ僕たちにできることはたくさんあるはずだ。

第4章

僕たちのファミリー

ふたりめ誕生

コロナと妊婦

大きくふぅーーーっとひと息ついた。

第二子が無事に生まれたという彼女からの電話。スマホの画面の向こうには彼女の隣に猿みたいな赤ちゃんがとぼけた顔をして映っていた。

かわいい。

無事で本当によかったと心から安堵すると共に彼女への感謝とお疲れさまの気持ちでいっぱいになった。コロナ禍での医療従事者の方々への対応にも感謝の念しかなかった。

妊娠がわかったのは二〇二〇年二月。

もともとふたりは欲しいねと話していた僕たち三人は、第一子が一歳になったら第二子もトライをしようと話していた。

予定どおり十一月にあるちゃんが誕生日を迎えたところで次の準備を始め、年明けに病院へ行った。凍結していた受精卵を彼女のお腹の中に戻してもらうと、今回はありがたいことに一回で着床することができた。

この受精卵はあるちゃんと同じタイミングで凍結したものだから、同じタイミングで生まれていれば双子だったのか。そう考えるとなんとも不思議な気分だった。

その頃はまだ「新型のウイルス感染が……」などというニュースをまるで他人事のように見ていた時だったので、まさかこんな日常に突入するなどとは考えてもみなかった。僕たちが二度めの妊娠に喜んだのもつかの間、あれよあれよという間にコロナによって世界は一変してしまった。

四月には緊急事態宣言も出て、まったく先が見えない日々が続いた。

彼女は第一子の時と同じくつわりがひどかった。それでも安定期に入るまでは周囲には言いづらいからと変わらず仕事を続け、帰宅すると青白い顔をして寝込んでいた。

僕はメインの仕事である講演会や研修事業のほぼ全てがキャンセルになり、経営している飲食店は休業を余儀なくされ、断腸の思いでパレードの中止を決断（僕はＬＧＢＴＱプライドパレードの運営を行うＮＰＯ法人東京レインボープライドの共同代表をやっている）。

保育園に通えずあり余った体力にまかせて家の中を走りまわるあるちゃんの相手をしながら、融資や補助金申請の書類作成と格闘した。

安定期に入る前のただでさえ心配の多い時期、僕個人も収入が断たれたことや会社の資金繰りなども含め何重もの不安があった。あんなにしんどい経験は最初で最後にしたいものだ。

一方で得たものも非常に大きかった。それは家にいる時間＝家族との時間が圧倒的に増えたことだった。子どもが生まれてからは自分なりに働き方改革をして、以前に比べればかなり家にいるようになったとはいえ、それでも何かと忙しくしていたことには変わりなかった。

外出自粛要請により、ほとんどの時間を家で過ごす。会食もないのでもちろん二次会もない。収入は一気に減ったが、使う金額も圧倒的に少なくなったので当面の生活はなんとか大丈夫そうだ。様々な不安はあれど、こんな時にステイホームができる環境はありがたかった。

家族と三食を共にし、子どもを風呂に入れて寝かしつけながら一緒に寝てしまう。子どもが早く寝ついた日には、彼女とネットフリックスを観たりして（御多分に洩れず韓流ドラマにはまってしまった。シリーズもののドラマを観られたのなんていつぶりだろう？）久々のふたりの時間を楽しんだ。これまで以上に家族のありがたみが増し、家族と過ごす時間の大切さを痛感する日々だった。

彼女が安定期に入りしばらくすると、ニューノーマルを意識しながらの日常生活が再開し、僕も少しずつ仕事が戻ってきた。打ち合わせも研修もリモートが増えたことで、圧倒的に移動時間が減り、今まで仕事と思っていた時間のほとんどは移動時間だったことにも気づいた。

時間ギリギリまで子どもと遊んでそのままオンライン研修をして、次のオンライン打ち合わせまでの間に夕飯の準備をする。これまでとは全く異なるライフスタイルにも次第に慣れ、むしろ快適に仕事ができるようになっていた（オンライン研修中にたびたびあるちゃんが乱入してくるという問題はあるのだが）。

切迫早産

そんな時、再び試練が訪れた。

三十二週めで彼女が切迫早産になり緊急入院してしまったのだ。

「ちょっとお腹が張ってるかも……」

「大丈夫？　我慢しないで病院行こうよ。何もなければそれはそれでいいんだからさ」

あるちゃんを保育園に送り出した後、車で彼女を病院に送り届けた。

「どのくらい時間かかるかわからないから先帰ってて大丈夫よ。タクシーで帰るから」

「はいはーい。んじゃお昼ご飯でもつくって待ってるよ。また後でねー」

そんな会話から一時間もたたないうちに彼女から電話で、切迫早産と診断され入院になってしまった、このまま出産まで退院できないかもしれない……と泣きながら連絡があった。予定日まではまだ一ヶ月以上もある。コロナ禍のため面会は一切許されず、看護師さん経由で荷物を渡してもらうのみ、他に僕にできることはなかった。

一難去ってまた一難。とはいえ普段から、予想できないことを予想することを心がけていたことと、漫画『コウノドリ』で予習をしまくっていたおかげもあり、今回の出来事も想定の範囲と言えば範囲内。

「突然ワンオペかぁ……」と一瞬頭をよぎったが、そもそも親が三人なのでひとりいなくなってもまだふたりいるのだ。大人の手が多いというのはなんとありがたいことか。

ゴンちゃんと相談し、おかんにもサポートしてもらいながら自分の仕事と保育園の送り迎えなどのスケジュールを調整した。

突然ママがいなくなってしまって寂しい思いをするのではないかとも心配したが、意外と本人はケロッとした様子。

朝晩スマホのテレビ電話で話せたからか「まま　どーびん（病院）」と言いながら、スマホの向こうのママよりも目の前のお絵かきに夢中だった。子どもって案外たくましいものだなと感心した。逆にママのほうがあるちゃんに会えないと泣いていた。

親離れと子離れ

今ではこの離れ離れの時間はとても意味のある時間だったと思っている。なぜならばこの間にそれぞれが、子離れ、親離れ、パートナー離れができたからだ。

それまでの彼女は「あるちゃんには私がいなきゃいけないの！」という思いが強かったが、前述したとおり画面越しのあるちゃんは彼女よりもお絵かきに夢中だ。そんな姿を見て、そうか、自分がいなければいないでなんとかなるものなんだな、と割り切ることができ、自分が無理な時には誰かに頼ればいいのだと思えて気持ちが楽になったということだった。

あるちゃんはといえば、これまで海外出張などで、僕とは長期で会わないことはあったが、ママと二十四時間以上離れたのは初めてだった。しかし、パパだけではなくママもいない時はいないんだな、そういう時はパパがいるんだな、という感じで理解していたようだ。

そして僕自身も、これまでは何かあっても「まぁ彼女がいるから大丈夫だろう」と、どこかいつも気持ちの中で頼ってしまっていたが、最後は自分しかいないという思いが親としての責任感をより一層強くさせてくれた。この間を乗りきったことで彼女がいなくても大丈夫だという自信もついた。

僕と彼女の十周年記念日も、あるちゃんの二歳の誕生日も一緒に過ごすことができなかったのは残念だったが、これはこれでなくてはならない貴重な時間だったと思う。

そして三週間の入院生活で無事に正産期まで持ちこたえ出産に至ったのだった。

妊娠してから出産まで、第一子の時とはまた違った大きな不安があった分、無事に生まれたという連絡がきた時には言葉には表せないほどの安堵感があった。

本当に、本当によかった。


僕たちのもとに生まれてきてくれて心からありがとう。

この子たちと一緒にこれからまたどんな時間を過ごしていけるのか、パパは涙が出るほど嬉しくて、楽しみで、本当に幸せです。

かけがえのない時間

きょうだいが欲しい

彼女はひとりっ子、ゴンちゃんは男三兄弟の次男、僕はふたり姉妹の次女（だった）、きょうだい観は皆バラバラではあったが、できることならふたりめも欲しいという考えは皆一致していた。

僕がふたりめも欲しいと考えたのにはみっつの理由がある。

ひとつは、ひとりっ子の彼女が「きょうだいっていいな〜」と、常にきょうだいに対する憧れを口にしていたことだ。僕も姉がいてよかったなと思っているし、彼女に限らずきょうだいがいないと寂しいなんて話も聞くことはよくあるし（一人のほうが気楽でいいという意見もあるけど）、彼女が反対しない限りはいるに越したことはないと思っていた。

ふたつめは、まだ日本社会においては珍しいファミリースタイルで育っていくため、もしかしたら他の人には相談しづらい悩みを持つ可能性もある。親には相談しづらいけどきょうだいになら、ということはよくあることだし、ひとりに背負わせず相談できる同じ境遇の仲間が身近にいたほうがいいのではないかと考えた。

最後は、周りに大人が多すぎることがプレッシャーになってしまわないかという懸念からだ。ただでさえ一人の子どもに対して親が三人、ジジババが六人と関わる大人が多く、さらに僕のまわりには我が子のようにかわいがってくれるおじさんみたいなおばさんや、おばさんみたいなおじさんがたくさんいる。

この時代に贅沢な悩みなのかもしれないけど、こんな環境では過干渉というか愛情過多になってしまうのではないかという心配もあった。

まぁこのようにいろいろ書いてみたが、純粋に家族が増える喜びや楽しみを求めていたことが一番大きかったとも思う。

そんな思いで授かった待望の第二子。

僕たちは突然一人増えて、あるちゃんを混乱させないようにと、彼女のお腹が大きくなり始めてから「ママのお腹の中には赤ちゃんが入っているんだよ」と一緒にお腹を触ったり話しかけたりしていた。ママが入院してからは「もうすぐ赤ちゃんがおうちに来るからね」と毎日のように話題にし、ベビーベッドを準備して「ここに赤ちゃんが寝るんだよ」などと伝えていた。

まだしっかりとした会話はできないが、「ままどーびん？（病院）」「あかちゃん？」などの単語を次第に繰り返すようになっていた。

ふたりの初対面

出産の翌週、僕はあるちゃんをおかんに預け、彼女と赤ちゃんを病院に迎えにいった（ゴンちゃんは偶然にもあるちゃんの時と同じく広島出張で不在。この時のお土産はもみじ饅頭ではなくレモンゼリーだった）。久々に家に帰ってきたママは赤ちゃんを抱っこしている。それを見たあるちゃんは不思議そうな顔で赤ちゃんの顔を覗き込むと、少し考えてから優しく頭をなで始めた。ふたりの子どもの初対面。なんとも微笑ましい姿だった。

出産に立ち会ったひとりめとは異なり、今回はコロナ禍ということで立ち会いどころか一切の面会も許されない状況だった。大部屋だから電話も限られた時間しかできなかったため彼女とゆっくり話すのは久々だった。

テーブルの上にベビー布団を敷いて寝かせた赤ちゃんを眺めながら、おかんが用意してくれた焼きそばをみんなで食べた。

「本当にお疲れさまね。出産の時はどんな感じだったの？」

「二番めのほうが早く生まれるって聞いてたのに全然降りてきてくれなくて話違うじゃーんって感じ。結局前回の倍以上時間かかっちゃって」

「そりゃ大変だったね、って僕にはわからないけど。無痛だった前回と和痛だった今回はまた違った？」

「前回は麻酔が効いてたから生まれた瞬間がわからなかったけど、今回はその瞬間がわかった分、なんか達成感があったんだよね。まぁでも両方経験できてよかったかも」

「なるほどねー。他はなんかなかった？」

「うーん、担当の先生がチャラかったことくらいかな（笑）」

あるちゃんは久々のママとのご飯で嬉しそう。僕もコロナに切迫早産にと前回よりもさらに気を抜けない状況が長かった分、こうやってまたみんなで団欒《だんらん》できる喜びを噛み締めていた。

赤ちゃん返り

昼食後、ママが赤ちゃんにおっぱいをあげ始めるとすぐにあるちゃんが駆け寄った。

「ままー！　だっこ‼」

おぉ、これが赤ちゃん返りというやつか！

「うちはふたりめができた時、上の子の赤ちゃん返りが本当に大変だったんだよね。二番めが生まれたら、とにかく一番めをしっかりかわいがることが大事だからね！」

多くの先輩ママが口を揃えて教えてくれたアドバイス。僕たちはあらかじめあるちゃんを不安にさせないようにしっかりケアしようということを話し合っていた。赤ちゃんには申し訳ないが一旦僕が預かり、ママがあるちゃんを抱きしめる。少し落ち着いたところで再び赤ちゃんを彼女に返しおっぱいをあげる。

その日は帰宅してから夜寝るまでずっとそんなことの繰り返しだった。

考えすぎかもしれないが僕から見たあるちゃんは、今までと同じようで明らかに変わった環境を自分なりに理解しようと、僕たちを試しながら一生懸命考えているようだった。

その晩は僕とあるちゃんが寝室に、壁一枚挟んだリビングでママと赤ちゃんが寝ることにした。赤ちゃんが寝たタイミングで、僕と彼女のふたりであるちゃんを挟むように川の字で寝かしつけていると、あるちゃんは天井を見つめながら「あるちゃん　まま？」と少し寂しげに言う。彼女が「そうだよ、あるちゃんのママだよ」と言うと今度は「あかちゃん　まま？」と。

「赤ちゃんのママでもあるけどあるちゃんのママだよ。大丈夫だよ」彼女が返す。

そのやりとりを見ながら、

「そうだよなぁ、やっぱり不安だよね。これまであるちゃんだけのママだったのに……」

そう考えるとなんとも切ない気持ちになった。産休に入ったらあるちゃんと最後のふたりだけの時間をゆっくり過ごそうとしていた彼女も切迫早産になってしまったため、ふたりで過ごす最後の時間がほとんど持てないままにふたりめが生まれてしまった。仕方がないこととはわかりつつも後悔の思いが消せないようだった。

当たり前だが、時間というのはその時限りで二度と戻ることはできない。第二子の誕生はもちろん嬉しいのだけど、もうあるちゃんとだけ過ごしていた時間は戻ってこないんだな。初めて寝返りを打った日も、初めてひとりで立てた日も、突然の痙攣《けいれん》で救急車で運ばれたことも、川の字で寝た日々も。当たり前の日常がどれほどかけがえのない時間だったのだろうか……改めてこれまでの二年間を思い返しているうちに僕もいつの間にか眠りに落ちていた。

「ままー!!」

突然叫ぶような泣き声で目が覚めた。あるちゃんが両手を上に伸ばしながら、「ままー！　ままー!!」と泣き叫んでいる。どうやら夢を見ているようだった。ママがどこかに行ってしまう夢でも見たのだろう。その声を聞きつけた彼女があわててリビングから飛んできた。

「ママはここにいるから大丈夫だよ。ママはあるちゃんのママだからね、どこにも行かないからね」

そう言いながら涙ぐむ彼女を見て、僕も泣いた。これはなんの涙なんだろうか。なんだか愛おしくて切なくて、ここでこうやって涙が出るほど尊い時間を共にしてきたのか。
泣いているあるちゃんを泣きながら抱きしめていた彼女、気づけばそのままふたりとも眠っていた。僕はリビングに移動し、まだ名前も決まっていない赤ちゃんを覗き込むと、相変わらずとぼけた顔をしてすやすやと眠っている。これまたなんとも愛おしい。ベビーベッドの隣に敷いた布団に横になると僕もまたいつのまにか夢の中だった。

朝起きると今までに見たことがないほどパンパンに目を腫らした彼女がいた。それを見て思わず笑ってしまった僕のことを怒りながら、彼女もまた笑っていた。

呼び名はどうする？

子どもにはいつどのようにこの親三人の関係性を説明するのか？という質問をよく受けるのだが、僕たちは改めて伝えることはしないだろう。なぜなら、すでに日々の生活の中で伝えているからだ。事実を隠すからカミングアウトになるわけで、普段から話しておけば改めて説明する必要はない。

かなり昔のことであるが、とあるオナベバーで働く人が子育てをしていると聞いて驚いたことがあった。その人は手術をして戸籍も男性に変更し、女性と結婚していた。友達の友達という男性から精子提供をしてもらい、自分たちで人工授精させ妊娠に成功。お子さんはすでに幼稚園に通っていたが、自分がオナベバーを経営していることやもともと女性として暮らしていた過去については一切伝えておらず、今後も伝える気はないという。
お店で焼酎の水割りを飲みながら、どうやって精子を受け取り、パートナーの体内に入れたかなどという生々しい話を聞いてドキドキしたのを覚えている。まだ二十代前半だった僕にはまったく想像もつかない世界の出来事だったが、それでも一緒に暮らす子どもに本当の自分を隠しながら生活するのはどれだけ大変だろうかと思いを巡らせた。

僕たちの場合は成長の段階で、その時伝わる言葉で、ありのままの事実を事実として伝えていきたいと話している。もし何か質問されれば答えるし、わからないことがあれば一緒に考える。これが正解・不正解などと押しつけるつもりもないし、押しつけることなどできないだろう。

この質問と同じくらいよく聞かれるのが呼び名はどうするの？ということ。
「ママ」はよいとして「パパ」がふたりなら呼び名はどうなるの？　どっちがパパなの？と聞かれるのだが、現段階では彼女のことを「ママ」、僕のことを「パパ」、ゴンちゃんのことを「ゴンちゃん」と呼んでいる。

それは日々の生活の中で、僕が「ほら、ママが呼んでるよ」とか、彼女が「パパが帰ってきたね」と話しているからだろう。そしてそれと同じように、僕たちがゴンちゃんのことを「ゴンちゃん」と呼んでいるから、自然と子どもも「ゴンちゃん」と呼ぶようになった。それだけのことだ。

そう考えると、今の段階でこの呼び名は子どもにとってはほぼ「音」でしかないのではないか。僕のことを父親だと思っているからパパと呼んでいるのではなく、「パパ」という音を音として覚えただけ。

「パパ」と呼ぶこの子と呼ばれる僕の間で、これからどんな関係を築いていくかによっても言葉の持つ意味は変わっていくだろう。

一度ゴンちゃんと呼び方について話したことがある。

「僕だけ『パパ』って呼ばれてゴンちゃんが『パパ』と呼ばれないのはいいのかな？」

「うーん、それだから嫌とか引け目があるってことはないかな。実際にゴンちゃんって感じだし」

そこで話したのは合算値の話だった。子どもと血のつながりはあるけど一緒に生活をしていないゴンちゃんと、血のつながりはないけど一緒に暮らしている僕。「血のつながり」と「一緒に生活をする」ということをポイント制で考えてみると、呼び名のことも含め、ちょうど今くらいが合計ポイントとしてバランスが取れているのかもということ。これがもしみんなで一緒に暮らしていたら、血のつながりというポイントがない僕は、そのバランスがとれずに大きな劣等感を抱えたかもしれない。

そのうちこの子がいろいろな体験をしていく中で、様々な「パパ」に関する情報を見聞きし、その音と経験が合わさって「パパ」という言葉の意味がこの子の中で形成されていく。そして「パパ」という言葉に意味を見出せるようになった時、そこに何かしらの違和感があれば、僕やゴンちゃんに対する呼び方が変わるかもしれない。その時までは、僕はこう呼んでほしいとも、こう呼びなさいとも言わず、本人が呼びたいように呼ぶのがいいのではないかと思っている。

ちなみに僕には三人のおばぁちゃんがいた。一般的には母の母と父の母のことをおばぁちゃんと呼ぶだろう。それに加え、僕には父方の祖父のお姉さんが一緒に住んでいた。そのため、母方の祖母のことは、母の旧姓の小暮から「こぐればーば」と呼んでいた。父方の祖母はいつもおうちにいたので「おうちばーば」、そして祖父の姉のことは名前で「はなこばーば」と呼んでいた。

どのおばぁちゃんも、僕にとっては、おばぁちゃんなわけで、三人を「ばーば」と呼ぶ時に、どのおばぁちゃんが本物のおばぁちゃんで……なんて考えることはもちろんなかった。

そう思い返してみても、いろいろ考えるのは頭が固くなった大人ばかりで、子どもにとってはどうでもいいことなのではないかとも思う。

呼び名はもちろん大切だけど、それよりも大切なのは人としての関係性であり、それによって呼び名が持つ意味も変わってくる。

ある人にとって「パパ」という呼び名は愛おしさに満ち溢れた言葉かもしれない。しかし、ある人にとってはもう二度と口に出したくないほど辛い思いが残る言葉かもしれない。これから何年たっても、この子が「パパ」という言葉を発するたびに安心感に満ち溢れるような関係を築いていきたい。

かなり余談になるが、僕の友達があるちゃんに「マトリョーシカと遊ぶ時は『ワキワキ！』って言って遊ぶんだよ!!」と謎の言葉を教えたら、今でもマトリョーシカを手にとると嬉しそうに「ワキワキ！」と言っている（笑）。

そのくらい子どもって真っ白なんだということも忘れないようにしたい。

子どもたちが持つキャンバスの下地を最大限に生かしながら、これからもカラフルであたたかい未来を一緒に描いていこう。

きょうだいとは

「きょうだい」ってこういうふうに育っていくのか……。

ふたりの初対面以降のやりとりを日々観察しながら、改めて自分の幼少期を思い出してみた。

僕には二歳上の姉がいる。おとなしくて勤勉なお姉ちゃんとお転婆な妹。幼少期はそんな感じだったのではないか。小さい時はそれなりに喧嘩もしたけれど、中学に上がる頃にはほとんどしなくなっていたと記憶している。なぜならその時にはすでに姉妹というより姉と弟といった感じで、性格も興味も違いすぎたためケンカにもならなかったからだ。今でも近所に住んでいるのでよく一緒にご飯を食べるのだが、「ままー!」と泣き叫ぶあるちゃんを見て、もしかしたら姉にもこんな寂しい思いをさせてしまったのではないかと思うと、今さらなんだか申し訳ない気持ちになった。

もちろん個人差も大きいだろうし、きょうだいの人数によっても変わるだろうから上の子か下の子かでどちらがいいかは一概には言えないだろう。よく考えてみるときょうだいを平等に育てていくのは、当たり前のようで実はとても難しいことなのではないかと考えるようになった。

たとえば一番上の子の写真はたくさんあるのに二番め以降の写真は全然ない、なんてよくある話だ。「そうならないようにうちはちゃんと写真撮ってあげようね」出産前はそんな話をしていた僕たちも既にそうなりつつある（苦笑）。二番めがかわいくないということはもちろんないのだが、全てが初めましてだからこそあった感動も、二回めだと薄れてしまいがちというのは人間の心理としては致し方ないだろう（というのも言い訳かなと思いつつ）。しかも、上の子がバタバタ走り回っていてそれどころではないし、赤ちゃん返りなんか始まってしまえばなおさらそちらに気が向いてしまう。あれだけ丁寧にやっていた哺乳瓶の消毒も、今ではササッと洗えば大丈夫っしょ、それが現実。親の愛情を一身に受けるという経験は一番上の子の特権だ。

一方で、世間一般によく言われる「二番めのほうが自由奔放で要領がいい」というのも理解できる。きっと僕もそんな感じだったのではないかと思う。勉強は姉のほうができたが、逆にそれ以外のこと、たとえばゲームやその他の遊びなどはだいたい僕のほうがすぐにできるようになった。それもそのはずで、いつもすぐ近くに先輩である姉がおり、早い段階からいろんなことを見聞きしているから発達も早まる。また、親にとっても全てが初めての子育て経験となるひとりめより、ひととおり経験済みの二番め以降のほうが扱いが慣れていることも関係しているかもしれない。

もうひとつ言うのであれば「お姉ちゃんなんだからしっかりしなさい！」というプレッシャー問題。常に「上」なんだから「下」には負けてはいけないと無意識のうちに家族から押しつけられるこのプレッシャーはなかなかキツいものがあるのではないか。たかだか二、三歳の差なんて俯瞰してみればほぼ同じなのに、その家庭内で先に生まれたか後に生まれたかというだけで求められるもの（期待度）が変わってくる。

良くも悪くも一番上より期待されない二番め以降のほうが、気楽なのかもしれない。

そんなことを考えるとキリがなく、トータルしてみれば上でも下でも、どっちもどっちな気もするが……。

どちらにせよ、我が家でこれからふたりを平等に育てていくにはどうしたらよいのだろうかいろいろ考えてみた。

ひとつ浮かんだ案は呼び名だった。

僕の小さい頃は幸いなことに「お姉ちゃんなんだから」「妹なんだから」という言われ方をした記憶はあまりない。しかし、幼少期に「お姉ちゃん」と呼んでいた姉のことを中学くらいからファーストネームで呼ぶようになった時に、なんだか姉が上で僕が下という感覚から解き放たれたことを覚えている。名前で呼んだきっかけはなんだったか思い出せないのだが、きっと誰かがそう呼んでるのを見ていいなと思ったのだろう。

「お姉ちゃん」という言葉を使うことによって、僕も無意識に「姉＝上」という感覚を持っていたのかもしれない。

「妹なんだから我慢しなさい」と言われていたかどうかはもはや覚えていないのだが、このように普段の会話の中でかわされる「姉」「兄」「長男」「長女」などといった言葉によって無意識のうちに家庭内から年功序列文化がスタートしてしまっているのかもしれない。

何が正解かはわからないが、まず我が家では「お姉ちゃんなんだから」「弟なんだから」という言葉をなるべく使わずファーストネームで呼び、比較をせずにいつでもいち個人として相手を尊重して育てていきたい。

家族ができて変わったこと

窓際で子どもを抱きかかえながらのんびり過ごす昼下がり。ポカポカと差し込む日差しと、すやすや眠る子どもの顔を見て、なんとも言えない幸せな気持ちになった。自分にもこんな時期があったのか、この子はこれからどんな人生を送るのだろうか、そんなことをぼーっと考えてみる。何より「ここにひとりの人生が始まったんだなぁ」と考えると、なんとも言えない不思議な気持ちになった。

子育ての興味深いところは、自分の人生を追体験できることだろう。僕も含め多くの人は二歳くらいまでの記憶がないと思うのだが、子育てをすることによって自分の記憶から欠落した人生のスタート時期という大事な部分を、パズルのようにはめながら補完できるところが面白い。

たとえば絵本ひとつにしても、昔は読んでもらっていた僕が、今度は読む側になると全く違った視点になる。まずはどんな絵本を買おうか、どんなものだったら気に入ってくれるのか、子どもの喜ぶ顔を想像しながらあれこれ選ぶところから始まる。今ではネットでも簡単に購入できるが、やはり中身を見て選びたいので仕事の合間を縫って絵本売り場に足を運ぶ。数ある絵本の中から一冊を選ぶのはなかなか難しい。「よし！　これだ！」と思って買って帰っても全然興味を持ってくれないこともあれば、「え、こんなの楽しいの？（苦笑）」というようなものに興味を示すこともある。同じ絵本を何十回も読むのは飽きるけど、何十回読んでも嬉しそうにケラケラ笑う子どもの笑顔は飽きることがない。

いい加減に寝かせておくれよ……。

思ったところで、子どもにとってはそんなこと知ったこっちゃない。全力で向かってくるピュアな体当たりを怒るわけにもいかない。

そんな姿を見ながら「そうか、僕もこんな時があったんだな……」と、当たり前のはずなのに、イメージが持てなかった幼少期の自分が、初めてリアルになっていく。

ご飯を食べさせるのも同じだ。スプーンでたった一口のお粥も食べられないところからのスタートで、どうやったら食べてくれるのか、なんだったら食べてくれるのだろうか。本やネットを見ながらあれやこれやと試行錯誤するが、一生懸命つくったものに限って全然食べてくれない。それどころか床にぶちまけられてしまったり。こんな時はおかんがよく言っていた言葉を思い出す。

「子どもを叱るな来た道だ。年寄りを笑うな行く道だ」

怒りたくなる気持ちをグッとおさえ、毎朝毎晩、床にこぼしたご飯の残骸を拭きつづける。

「僕にもこういう時期があったんだな、おかんおとんはこうやって拭いてくれてたんだな……。この時期に自分を大切にしてくれた人がいるから、今の自分があるんだな」

自分が親になって初めて知る親のありがたみ、とはまさにこのことだった。

未来の話が増えたということも、僕にとっては大きな変化だった。トランスジェンダーである自分の幸せな未来が描けず、死にたいと考えていたこともあったが、周囲に受け入れられ、少しずつ自己肯定感を取り戻してからはネガティブに死にたいと思うことはなかった。しかし、「明日死んでも後悔がないように今日をめいっぱい生きよう」と、いい意味でいつ死んでも構わないと思っていたが、子どもが生まれてからは、今死んだら絶対後悔してしまうと思うようになった。この子はどんな大人になるのだろう、二十歳になった時僕は五十八歳、この子が生きる未来はどんな社会になっているのだろうか。

初めて未来を考え、長生きしたいと思う僕がいた。

親がいなければ生きていけない未熟な状態からスタートして、思春期に入って誰かを求めるようになり、次第に親から離れ新しい家族をつくっていく。そして子どもができることで、孫を通じて再び親との会話が生まれる。親にとってはいつまでたっても子どもであることに変わりはないが、共に「親である」という共通項目ができると、またその関係性が変わっていく。

親から自分、自分から子どもへと時間軸が重なり合うことで、平面だった人生が立体的に見え、命をつないでいくこの感覚によってかなり視野が広がったように感じている。
記憶から抜け落ちていた時期を取り戻すことで、自分の現在地がより明確に見えるようになり、人生を俯瞰して見られるようになったとも言えるかもしれない。

こんなに手がかかって、毎日あれもこれも心配はつきず、自分のことは後回しで、大切に大切に育てていく。そんな我が子がいきなり「手術したい」と言い始めたり、彼氏がトランスジェンダーだなんて言ったら、そりゃ反対もしたくなるわな、なんて（苦笑）。
大切な我が子に幸せになってほしいからこそ、心配しすぎなほどに心配してしまう親の気持ちもこれまで以上に理解できるようになった。

僕たちが親になれるまで育ててくれた自分の両親にも、彼女の両親にも、ゴンちゃんの両親にも改めて感謝の気持ちでいっぱいだ。

向き合うことから逃げない

保育園の行事によっては、保護者は二名までしか参加できない。保護者が三人いる僕たちは、そのうちどのふたりが行くかというのが悩ましい。僕と彼女、僕とゴンちゃん、という組み合わせはいいけど、彼女とゴンちゃんのふたりという組み合わせにはまだ緊張感がある。「ぐっすり本」事件から約半年がたち、多少改善されたとはいえ、彼女とゴンちゃんの間には常に一定の距離があった。

未だそんな関係ではあったが、ゴンちゃんと彼女がふたりであるちゃんの運動会に参加することになった。運動会当日にちょうど出張が重なってしまい、僕が参加できなかったからだ。ふたりで大丈夫だろうか……心配はあったが、出張の帰り道で三人のグループラインを確認すると、運動会の楽しそうな写真が送られてきていた。

〈おっ。もう終わったの？　どうだった〉

〈楽しかったよー！　ハイハイ競争はビリだったけど。笑〉

と彼女。そしてゴンちゃんからも、

〈今日はありがとうございました！　とっても楽しかったです！〉

とあった。ゴンちゃんそろそろラインで敬語使うのやめようよと苦笑しつつ、まぁとにかく楽しかったなら何よりと僕もひと安心。

帰宅後に改めて彼女に感想を聞いても、

「うん、楽しかったよ。ゴンさんもきっと楽しかったんじゃないかな」

と笑顔で話してくれ、いろいろ心配してたけど、あまり無理せずこうやって一歩ずつ進めればいいんだなと思った。これからまだまだ長い道のりになるし、そんなに焦って完璧を求める必要もないのかもしれない、そんなことを思っていた。

そこからさらに約半年後、おかげさまであわただしくも楽しい日々を送っていた。子育てを始め、これまで「規則正しい」という言葉とまったく無縁だった生活から一変、仕事と家族という明確な二軸ができたことで日々の生活の充実度も格段と上がっていた。一方で、すべてが完璧にうまくいっているかといえばそうもいかない。

いつの間にかまた三人の間に原因不明の微妙な空気が漂っていた。

時折、彼女がゴンちゃんに冷たい態度をとることがあり気になっていた。聞きづらいけど、ここはしっかり聞いてみよう。

「あのさ、ゴンちゃんのことで何か気になってることある？」

「すぐ遠慮するところにイラッとする」

「イラッとって（苦笑）。もともとそういう性格だからね。まぁでも確かに、ゴンちゃんは自分がこうしたいっていうのハッキリ言わないから僕たちもわかりづらいよね」

「いや、というよりも、なんていうのかな……気を使うポイントがズレてると思うんだよね、ゴンさん」

「ん？　どういうこと？」

「たとえばさ、この前うちの店にみんなでご飯食べにきたじゃない。その時ゴンさん気を使って、料理が出てきても全員が取り終わるまで絶対自分が取らないわけよ。ゴンさんの目の前に料理があるのに。お店としては、せっかくなんだから皆さんにあたたかくて美味しいうちに食べてほしいし、食べてくれないと次の料理を出せないから逆に大変で。ゴンさん自分が気を使っているつもりで、逆にみんなに気を使わせてるっていうか。なんか全部そんな感じ」

「なるほど。それは僕もわかるかも。でもさ、それならそれで、ちゃんとゴンちゃんに言えばいいんじゃない。僕的にはもう少しふたりが直接コミュニケーションをとってくれるといいんだけどなぁと」

「私はゴンさんには期待してないから」

「……」

そこまでバッサリ言われてしまうとなぁ……僕は勇気を振り絞り、聞くのが怖くてずっと聞けなかった質問をしてみた。

「やっぱりさ……僕たちふたりで育てたほうがよかったって思うことある？」

「いや、それはない。もちろんふたりのほうがスムーズだしベストだよ。でもふたりではできなかったわけだし、ちゃんと話して決めたわけだし。『生まれてくる命に対して責任を持ちたい』っていうゴンさんの気持ちは尊重したいしね。でも、そう言ってるのに遠慮されると、あ、これはもう頼れないな。自分でやるしかないなって」

その言葉に少し安心した。しかし、問題が解決したわけではない。時折流れる微妙な空気はその後も変わらなかった。

僕がそれぞれと話す時はこれまでと変わりないのだけど、三人一緒となるとなんとなく微妙な空気になってしまう。それが少しずつひどくなり、会話がどんどん少なくなっていく。その微妙な空気の原因がわからず、でもなんとなくそれも言い出しづらい。悪いわけではないけどしっくりもこない、そんなもどかしい日が続いた。

僕は再び彼女に聞いた。

「やっぱりさ、ゴンちゃんといると何か気まずい？」

「べつに……ゴンさんには何も期待していないから」

前回と同じく素っ気ない返事で、それ以上突っ込んで聞くのは気が引けた。

ゴンちゃんにも聞いてみた。

「ゴンちゃんさ、もっとこうしたいとかってないの？　ただ公園連れていくだけじゃなくてもいいんだよ？」

「うん、そうなんだけどね……」

こちらもあまり浮かない返事だった。最初はもう少しコミュニケーションがとれていた気がするんだけど、いつからかなんとなく会話も少なくなっちゃったんだよなぁ、なんでだったかなぁ……。

僕はモヤモヤしながらもそのことは口に出せずにいた。

以前話した時に後悔はないと言ってはいたが、やはり彼女は三人で育てるという決断を後悔し始めているのではないか。ゴンちゃんも無理に三人親などとは言わず、最初に言っていたとおり親戚のおじさんくらいの距離感のほうがよかったと思っているのではないか。

このモヤモヤこそしっかり話し合って解決しなければと思いつつもなかなか重い腰が上

がらなかった。関係が近しいからこそもめたくないという気持ちがある。変なことを言ってしまって取り返しのつかないことになったらどうしようという怖さもある。わざわざ問題を掘り起こさず、言わなければ言わないで、日々が過ごせないわけではないし……。
そんなことを考えている間に話すタイミングを逃し、時間がたてばたつほど言い出しづらくなっていた。まるでカミングアウトのようだった。

結果的に重い腰が上がったのは、彼女の切迫早産がきっかけだった。

僕たちの普段のルーティンはこんな感じだ。基本的に保育園の送りは彼女、迎えは僕。ご飯の支度や掃除洗濯などはだいたい半々（のつもりだがたぶん彼女のほうが多い）。僕は夜に出かけることが多いので、寝かしつけは基本的に彼女に任せることが多かった。そのルーティンに加え、ゴンちゃんが週に一、二回の保育園の送りと土日どこかで半日公園に連れていくという感じだ。

彼女が切迫早産で緊急入院となってしまった日、僕はどうしても動かせない予定以外は全てキャンセルの連絡を入れた。その上で彼女と僕とゴンちゃんとおかんの四人で共通のライングループをつくりスケジュールを共有し、僕がどうしても動かせない仕事が入っているところを一緒に調整してもらった。

そもそも出産前後は何が起こるかわからないと思って仕事を極力セーブしていたので、にっちもさっちもいかないというほどの調整はなかった。しかもゴンちゃんもおかんも手伝ってくれる。こんな恵まれた環境で文句を言えば罰もあたりそうだが、それでもいきなり「ママ」という存在がいなくなるのは大変で、自分がやりたいこともやるべきこともいったんはすべてを後回しにして、あるちゃんを最優先にした。ママがいないせいで寂しい思いをさせるのだけは絶対に嫌だったからだ。

そこでふと気になったのがゴンちゃんの存在だった。

お願いした時間にお願いしたことはやってくれるけど、それ以上でも以下でもなかった。こちらがどうしても手が足りないところを連絡すれば可能な限りは調整してくれた。でも、あくまでも「可能な限り」なので無理な時は無理だった。かといってゴンちゃんから代案が上がることもなかった。

スケジュールを調整した結果、僕も無理だしゴンちゃんも無理、となれば僕が予定を無理にキャンセルするしかなかったのだ。

「ゴンさんには期待していないから」

という彼女の言葉がふと思い出された。そうか、彼女はずっとこんな気持ちだったのかもしれない。それはゴンちゃんがどう思っていたかどうかは別として、大変な時に協力を得られないという不信感があったのではないか。


たとえば、これまで子どもが熱を出したりして急に保育園に行けなくなった場合、スケジュールを調整した結果、彼女も僕も無理、となると彼女に予定を無理にキャンセルしてもらうことがほとんどだった。これは職種にもよると思うのだが、基本僕は個人の名前で仕事をすることが多いので、たとえば「杉山文野講演会」で僕が行かないわけにはいかない。

彼女だって仕事は大切だということはわかりつつも、僕の仕事を優先させてもらうことがほとんどだった。そのせいで彼女の職場にはたくさん迷惑をかけていたに違いないし、責任感の強い彼女がどれだけ自分を責めたかを想像すると心が痛い。

ただ、僕はその分彼女の仕事が大変な時期は積極的に自分の仕事を絞るなど違うところで返そうという努力はしていた。また生活を共にしているので、育児だけではなく掃除、洗濯、料理などといった家事の分担などで全体のバランスをとるようにも心がけていた。

しかし、前述したとおりゴンちゃんには子どもの世話ができない分だからといって、うちの家事をやらせるわけにもいかない。全体のバランスをとる機会を見つけるのがなかなか難しかった。


いや、でもそれだけか？


そんなことを考え始めたら、これまで言語化できていなかったモヤモヤの輪郭が見えてきた。

たとえばゴンちゃんは週二回うちに来てはいたが、その前後はだいたい予定が詰まっていた。朝九時までに保育園へ送りにいく、といっても九時半に予定を入れてしまっていてはちょっとグズって登園が遅れただけでもうゴンちゃんにはお願いすることができない。

公園に連れていくために日曜の午後は空けてあると言っていたのに、確認すると十四時までと十七時からは予定が入っているという。それではちょっとお昼寝の時間がズレただけで任せられなくなってしまう。

僕はそのたびに「忙しそうだから今週は無理しなくていいよ」と返信していたが、内心は「そんなんだったら安心して任せられないよ」が本音だった。

また、せっかく来られたとしても「ゴメン！　どうしてものコールが入っちゃって……」とスマホを手離せないこともあった。たった週に二回の限られた時間ですらそんな状態では……。

僕は自分にも少なからず同じようなところがあるし、ゴンちゃんがどれだけ忙しい生活をしているのかもある程度わかっているのでその言動も理解できた。しかも、本来であればふたりとも参加しなければいけないミーティングがあっても、とりあえずゴンちゃんに参加しておいてもらえばと、僕は参加せずに子ども優先の生活をさせてもらっていたので多少の後ろめたさもあった。ここは僕とゴンちゃんにしかわからない関係性かもしれない。もうちょっと協力してほしいと思いながらも一概に責めることもできないなという感じだったのだ。

しかし、その細かいニュアンスまで彼女と共有するのは難しかった。ただ単にこんな様子だけを見れば「ゴンさんには期待しないから」という言葉が彼女から出てくるのも理解できた。

とにかく子どもに関することは時間が読めず「何時から何時まで子育て」そんなスケジュールが組める育児などない。特に乳幼児期はなおさらだろう。今晩中にこの仕事だけはどうしても片付けなければ……なんて理由は赤ちゃんには通じない。子どもの寝る時間や機嫌に毎日振りまわされる以外なかった。

何よりも子育てを優先にしてきた彼女から見れば、やらなくてはいけない事を先にやって、空いている時間にしか子育てに関われないなんて無責任だと感じても仕方がなかった。

そういう意味では僕はいいとこどりというか、自分のやるべきこともやりつつ彼女や子どもとの時間もバランスをとりつつ、うまい具合にやっていたのかもしれない。

だからこそここまで追い込まれたのは彼女が入院して初めてで、追い込まれて余裕がなくなったからこそ見えてきた三人の関係性やバランスに初めて気づいたのだと思う。

僕はすぐに三人のグループラインでゴンちゃん宛てにメッセージを送った。

今回の緊急時に全然協力を得られなかった（と僕が感じている）ことや、ゴンちゃんの育児に対するスタンスへの不満など、これまでモヤモヤしながらも言語化できていなかったことを改めて文章に書き出してみた。もちろん一方的に責めようとは思わなかった。僕から見える景色を伝え、ゴンちゃんからはどう見えているのか、どうしたいのかをしっかり共有してほしい、そこにはきっとズレがあるはずだからそのズレが何なのかを確認して改善策を話し合いたいと連絡した。


そして入院中の彼女にも負担がない範囲で何か思っていることがあれば共有してほしいとも書いた。

彼女から返ってきたラインには、常に子育て最優先でやりたいこともやらなければいけないこともすべて犠牲にせざるを得なかったこと、子育てとキャリアの両立がいかに難しく自身が行き詰まっているかということ、そして三人親ということで最初はその役割分担に期待していたが、ゴンちゃんとは最初からあまりにもスタンスが違いすぎたので諦めて頼らずにいたことが吐露された。

ラインを見たゴンちゃんからはすぐに返事があり、その晩うちに来てまずはふたりで話すことになった。

「僕も一方的にゴンちゃんを責めるつもりはないよ。でも今のゴンちゃんの関わり方で『三人親』というのはその負担からもフェアには感じられないんだよね。ゴンちゃんからの提案も全然ないし、どうしたいのか全然わかんないんだよ」

するとゴンちゃんはとても言いづらそうに言葉を絞り出した。

「……正直に言うと……言うのが怖かったんだよね」

使いすぎというほど人に気を使うゴンちゃんだから、何かを言いたくてもなかなか言えないことはわかっているつもりだった。しかし、そこで「怖い」という言葉が出てきたのは意外だった。

「提案がないって言うけど、僕だって何度も提案してたんだよ。だけど全然聞いてもらえなかったし」

たとえばアトピーの件。ゴンちゃんはアトピー性皮膚炎があり、その遺伝からか子どももアトピーがひどく全身を掻きむしってしまうので毎日のお肌のケアが大変だった。

「体が熱くなると痒《かゆ》みが増して眠れないから、小さい時にはいつも冷たい床を探して寝てたってあれだけ言ったのに、フミノんち来てもいつも部屋が暑かったじゃない。それでいて自分たちでひんやりマットを見つけてきたら、これで寝つきがよくなったとか言って喜んでたけど、僕があれだけ言った時には聞いてくれなかったのに、結局自分たちが納得した時だけ実行するわけで。結局僕の意見は取り入れてもらえなかったし」

「ご飯を食べさせる時に自分の箸を使ったら虫歯菌がうつるからいけないって注意されたのに、翌週来た時にはフミノたちが自分の箸を使っていて。こうやって結局ふたりのルールで進んでいっちゃうからそこに入っていくことはできないよ。そこには子どもと一緒に過ごしている時間の圧倒的な差があるからかなうわけがないし、言っても仕方がないって諦めていたっていうか。何か言ってまた否定されるのが怖かったんだよね」

お互いの嫌な部分を言葉に出すのはエネルギーがいる。僕とゴンちゃんふたりの空気は決して軽いものではなかったが、そんなこと全く気にせず家の中を走り回るあるちゃんの笑顔に助けられながら話を続けた。

ゴンちゃんから見えていた景色を聞いてなるほどそういうことだったのね、と納得した。今の話を僕の側から見るとこうだった。

まずアトピーに関しては、いくら冷たい床を探していたと言われてもさすがに一歳そこそこの子どもをそのまま床に寝かせることはできない。ゴンちゃんはうちに来るたび暑いと言うけど僕たちは全然暑く感じてなかったので、「それ、ゴンちゃんが太ってるからでしょ……」くらいにしか思っていなかった（ごめんゴンちゃん、これが現実です。苦笑）。

お箸に関しても確かに気をつけてはいたけど、毎日三食完璧に食器も箸もわけるなんてやってられないのが現実だったので、気をつけるだけは気をつけようとしていた。また、気をつけようと言い始めた彼女が箸を使っているのを見て、僕もなんとなくそこまで厳密に気をつけなくていいのかなと確認もせずに勝手に自分ルールとして処理してしまっていた。

箸に限らず、家庭内のルールは子どもの成長に合わせてころころ変わるので、今日と明日で違うこともあるし、「こう変えよう！」と言ってトライしてダメならまた前のルールに戻すこともある。その細かな生活ルールを全て共有するのは難しいので、前回来た時と違えばそれはそれと思ってもらうか、なんならその場で確認してくれればよかったのに……とも思った。

しかし、ゴンちゃんはとにかく気使い屋さんなのだ。そのことをちゃんと理解した上で考えれば「その場で確認してくれりゃよかったのに」と言ったって言えない性格なのはわかっていた。彼がどのくらい気使い屋さんかというと、たとえお腹が空いていても「お腹空いた」も僕に言えないくらい。もう十年も一緒にいるのにもかかわらずだ。

話しながらそのことを思い出した僕は話の途中で聞いた。

「ゴンちゃん、何か食べる？　夕飯のあまりあるよ」

「いいの？　実は昼から何も食べてないんだよね」

この時すでに二十二時を過ぎていた。僕が夕方に長文ラインをしたので、仕事が終わってご飯も食べないままうちに直行してきたのだった。

そんなの聞かなくても早く言っておくれよ、もうファミリーなんだから、深刻な話の前だって、話の途中だって「お腹減った」くらいのこと言えなきゃこれから先の長い道のりで疲れちゃうよ。そんなことを言いながら僕の夕飯のあまりの肉どうふを温めなおし、ふたりでハイボールを飲んで会話を続けた。遠慮せずに食べたいだけ食べていいからね、と言うと鍋いっぱいの肉どうふはすぐになくなった。

今回ゴンちゃんから「怖い」という言葉が出てきて、僕も改めていろいろと考えさせられた。

日々の生活、特に保育園に送りに行く前の朝の時間なんて全然余裕がない分どうしてもピリピリしてしまいがちだった。正直言えば、子どもの着替えなど慣れないゴンちゃんがやるよりも、自分たちでやってしまったほうが早かった。せっかくのゴンちゃんの機会を奪ってはいけないと、見守っているつもりで、実際には「時間ないんだからそんなモタついている場合じゃないよ！」という無言のプレッシャーをかけていたのかもしれない。ゴンちゃんもそれがわかっているので、早くやらなきゃと焦るほど、うまくいかなかった。

また「最初から諦めていた」と言うように彼女はかなり早い段階ですでにゴンちゃんとのコミュニケーションを諦めており、必要最低限の会話以外は素っ気ない態度をとることも多かった。確かにあの雰囲気で何かを言うのが怖いというのはわからなくはなく、理由はどうであれ家庭内で心理的安全性が守れていなかったことは申し訳なかったと思う。

心理的安全性とは「一人ひとりが恐怖や不安を感じることなく、安心して発言・行動できる状態」のことで、心理的安全性が担保されている職場においては個人としてもチームとしてもパフォーマンスが発揮しやすい、とグーグルがデータを発表したことで話題になったものだ。これは職場に限った話ではなく、家族でも同じだろう。何かを発言するのが怖いと感じていたゴンちゃんがファミリーの中で自分の持っている能力を最大限発揮できるわけがない。

もちろんいつもスケジュールをパンパンに詰め込みすぎてしまうところなど、ゴンちゃんにも改善してほしい点はいくつもある。しかし、今回の話し合いで改めてわかったのはコミュニケーションの難しさと大切さだ。ここを根本的に改善しないことには、次には進めないということだった。

どんなに近しい距離だって「言わなくてもわかるでしょ」は通じない。言葉にしたって伝わらないことも多いのだから、最低でも言葉にして伝えなければ始まらない。ありがとう、ごめんね、そんな言葉こそ大事にする。わからないことはそのままにしない。聞きづらいことや言いづらいことこそしっかり共有して改善し続ける。そういったコミュニケーションの基本から逃げないようにしたい。よくよく振り返れば、これは自分の両親との関係から学んだこと、この一件で改めてその大切さを思い出した。

たとえ小さなズレだったとしても、子育てという長い道のりにおいて、初期の小さなズレは時間がたてば修復不能なほどの大きな傷になりかねない。そうなった時に一番のしわ寄せがいくのは子どもたちだろう。それではあまりにかわいそうだし申し訳ないし、絶対にあってはならないと思っている。

その日は彼女が入院していたのでふたりで話したが、彼女が退院してから改めて時間をとって同じように三人でゆっくり話をした。こうやって腹を割って話したのは、「ぐっすり本」事件以来だった。子育てでバタバタしていると、子どもに向き合うのが精いっぱいで、三人のコミュニケーションをとる時間がいつも後回しになってしまう。でもやっぱり、子どものためにも継続的なコミュニケーションから逃げてはいけないと思った。

誰かに言われて決めたことではなく自分たちで決めたことなのだから、ちゃんと責任をまっとうしよう。

ふたりめが生まれたタイミングで今一度ゆっくり話し合いができたのは本当によかった。

僕たち三人のライングループの名前は「病める時も健やかなる時も」だ。これからいろいろなことがあるかもしれないが、病める時こそ逃げずにしっかり向き合っていこうという思いでつくった三人のグループライン。

これから何度も同じようなことが起こるのだろう。そんな山を何度も何度も共に越えながら、きっと僕たちは家族になっていくのだろう。

あとがき

三人の親で描く未来への道

「あるちゃんパパー！」

保育園にお迎えに行った時、クラスのお友達に呼ばれてハッとした。

そうか、この子たちにとって僕は僕であるというよりも「あるちゃんのパパ」なのか。

些細なことだけど、こんなふうに毎日が新しい発見の連続だ。


最近、絶賛イヤイヤ期のあるちゃんは、ご飯を食べるのもイヤ、歯を磨くのもイヤ、お風呂もイヤ……と、何をするにも抵抗が激しい（苦笑）。

さらに赤ちゃん返りも重なって手を焼くばかりだが、そんな日々もきっと良い思い出になるのだろう。以前にも増して彼女との連携を大事にしながら、日々子どもたちに向き合っている。

そんなあるちゃんの最近のお気に入りは、チロルと公園で遊ぶこと。チロルはゴンちゃんが飼っているわんこで、たびたび「ごんちゃん　ちろ　おぺんべー（おせんべいをチロルにあげたという意味）」と嬉しそうに話す姿に、三人で癒やされる。

ゴンちゃんは週末の公園と週一の保育園の送りに加え、最近はお迎えにも行くようになった。お迎えの後はうちで一緒にご飯を食べるようにしているので、朝のバタバタとは違いゆっくり過ごす時間も増えた。最近では料理も始めたらしく、子どもたちにゴンちゃんの手料理が振る舞われる日が楽しみだ。緊急会議でそれぞれの不安を共有できたのがよかったのかもしれない。こんな感じで、これからも一歩ずつ進んでいこうと話している。

「お子さんには将来どうなってほしいですか？」

そんなことを聞かれることもよくあるのだが、僕たちには絶対こうなってほしいという理想はない。ただ、子ども自身が「こうなりたい！」と思うものを見つけた時、無駄に立ちはだかる壁があるならば、それは取り除いておいてあげたい。

「女の子だから」「日本人だから」「親がＬＧＢＴＱだから」……そんな理由で、やりたいことができないなんてことだけはないように。自分のやりたいことに全力でチャレンジできる環境をつくること、そのための地ならしをしておくこと、それが唯一、次世代のために僕たちができることだと思うからだ。

親が僕の人生を生きられないように、僕もこの子たちの人生を生きられない。僕が思い描く幸せのかたちと、この子たちが描く幸せのかたちが違った時に、ちゃんとそれを尊重できる親でありたいとも思っている。

そして親のことなど忘れてしまうくらい（本当に忘れられちゃったら寂しいけど。苦笑）、自分の人生を謳歌してもらえたら、こんなに嬉しいことはないだろう。

子育てと仕事に追われる日々、子どもたちのことばかり優先して、自分のご飯を食べるタイミングを逃すなんてことはしょっちゅうだ。これも親になったんだから仕方ない……とはわかりつつ、とはいえお腹減ったよなぁ……と思っていたら「コンコンッ」とドアをノックする音が。

「ちょっと作りすぎちゃったんだけど、これ食べる？」

下の階に住むおかんがご飯を持ってきてくれた。本当に作りすぎちゃったのか、バタバタしているのを察知して持ってきてくれたのかはあえて聞かず、「ありがとう」だけを伝えた。

親子とはいえ他人である。でもやっぱり、いつまでたっても親にとって子どもは子どもなんだろうな、そんなことを考えながら最後の原稿を書いている。

「家族」ってなんだろう？

今回あらためて振り返ってみると、「もっと自由でいいじゃないか！」と言う自分が、誰よりも従来の「家族」というかたちにとらわれていたことに気づいた。父親とは、母親とは、親子とは、家族とは……日常生活で巻き起こる問題と格闘しながら、自分の中に刷り込まれた「家族とはこうあるべき」という凝り固まった考えと向き合う日々だったのだ。

そうしてわかったことは、家族とは誰かに用意してもらったり、あらかじめそこにあるものではなく、自分たちでひとつずつ築いていくものだということ。

子育てというゴールのない旅は、その過程を楽しむことが大事なのかもしれない。無理に終着点を探すのではなく、たくさんの寄り道をしながら、たどり着いたところが終着点だった、くらいでいいのかもな。

そう考えたら、少し肩の力が抜けてきた。

こんな僕たちファミリーの旅の始まり、いかがだったでしょうか。

ここまでお付き合いいただき、ありがとうございました。

これからもぜひ、皆さんにこの旅の仲間になってもらえたら嬉しいです。

二〇二一年春　　杉山文野

杉山文野（すぎやまふみの）

1981年東京都新宿区生まれ。トランスジェンダー。フェンシング元女子日本代表。早稲田大学大学院でセクシュアリティを中心に研究し、2006年『ダブルハッピネス』（講談社）を出版。卒業後は2年をかけて、世界約50カ国と南極をバックパッカーとして巡る。帰国後、一般企業に約3年勤めた後独立。飲食店の経営をしながら、講演活動などLGBTQの啓蒙活動を行う。日本初となる渋谷区・同性パートナーシップ条例制定にも関わり、渋谷区男女平等・多様性社会推進会議委員やNPO法人東京レインボープライド共同代表理事を務める。ゲイの親友から精子提供を受け、パートナーとの間に2児をもうける。現在は親友を交えた3人で子育てに奮闘中。著書に『ヒゲとナプキン』（小学館／原案）、『元女子高生、パパになる』（文藝春秋）など。

編集協力　佐藤智

本書は書き下ろしです。

3人《にん》で親《おや》になってみた
ママとパパ、ときどきゴンちゃん

印刷　2021年3月20日
発行　2021年4月5日

著　者　杉山文野《すぎやまふみの》
発行人　小島明日奈
発行所　毎日新聞出版
〒102-0074　東京都千代田区九段南1-6-17 千代田会館5階
営業本部　03(6265)6941
図書第一編集部　03(6265)6745

印刷・製本　図書印刷

ISBN 978-4-620-32676-4